ARASHIYAMA Kôzaburô

LES CARNETS DE TABLE D'UN AMATEUR DE CUISINE JAPONAISE

Traduit du japonais
par Sylvain Cardonnel

Avec une préface de Guillaume Long

Éditions Picquier

DANS LA MÊME COLLECTION
AUX ÉDITIONS PICQUIER

L'Ode au chou sauté
Je mange bien, ne t'en fais pas
Les Herbes sauvages

Titres originaux : *Shirouto Houchouki Gohan no chikara, Shirouto Houchouki Kaizoku no enkai, Shirouto Houchouki Katsudon no michi hen*

Mas de Vert
B.P. 20150
13631 Arles cedex

www.editions-picquier.com

Conception graphique : Picquier & Protière

En couverture : © D. R.

ISBN : 978-2-8097-1610-8

ISSN : 2780-9846

Le Banquet
Collection dirigée par
RYÔKO SEKIGUCHI

La collection Le Banquet *réunit des œuvres japonaises inédites où la nourriture occupe une place centrale, celle du plat de résistance.*

Car la cuisine n'est pas un sujet mineur de la création littéraire et ce serait une erreur de restreindre son territoire à un périmètre bien délimité : femmes, famille, partage, bonheur…

La nourriture est tout à fait pertinente pour parler du désespoir, des inégalités, de l'injustice ou d'un monde futur, elle est même indispensable.

Aujourd'hui plus que jamais, avec une nouvelle conscience envers le vivant, nous souhaitons créer une autre relation avec ce qui nous entoure et ce qui nous nourrit. Tisser des histoires de nourriture, c'est parler de notre façon d'être au monde.

Il est temps de se retrouver autour de la grande table fédératrice de la littérature pour goûter au repas de la vie. Le Banquet *fera naître en vous un savoureux espoir.*

RYÔKO SEKIGUCHI

PRÉFACE

JE N'AI JAMAIS ÉCRIT DE PRÉFACE. JE NE SUIS JAMAIS ALLÉ AU JAPON. J'AIMERAIS BIEN, D'AILLEURS, MAIS IL PARAÎT QUE C'EST CHER ET PUIS C'EST LOIN, BREF, J'ATTENDS D'ÊTRE TRADUIT LÀ BAS ET QU'ON M'INVITE.

EN REVANCHE, JE CONNAIS BIEN LA GASTRONOMIE JAPONAISE. JE COMMANDE RÉGULIÈREMENT DES SUSHIS À LA MAISON. ~~JE ME DÉPÊCHE DE MANGER DU POISSON AVANT QU'IL N'Y EN AIT PLUS~~. J'ADORE TOUILLER MON SACHET DE WASABI DANS LA SAUCE SOJA ; J'Y PLONGE MES MAKIS JUSQU'À CE QUE LE RIZ DEVIENNE NOIR ET JE COUVRE LE TOUT D'UNE LAMELLE DE GINGEMBRE AVANT DE DÉGUSTER.

QUAND JE SUIS D'HUMEUR, JE FAIS MÊME LE MORSE AVEC LES BAGUETTES, CE QUI FAIT BEAUCOUP RIRE MES ENFANTS.

J'AI MIS UN MOMENT À LIRE L'OUVRAGE QUE VOUS TENEZ ENTRE LES MAINS JUSTEMENT À CAUSE DE MES ENFANTS QUI SONT TOUT LE TEMPS FOURRÉS DANS MES PATTES, PAS UN ENDROIT OÙ SE POSER TRANQUILLE À LA MAISON, ETC.

UN JOUR, MA FEMME EST PARTIE AVEC EUX ET DEPUIS J'AI DE NOUVEAU DU TEMPS POUR MOI, POUR LIRE.

CE LIVRE EST SUPER. VOUS ME DIREZ, C'EST LE JOB D'UNE PRÉFACE DE DIRE QUE LA LECTURE QUI VA SUIVRE VAUT LE COUP. ON A JAMAIS VU UNE PRÉFACE DÉBINER LE LIVRE QU'ELLE PRÉSENTE ! J'AURAIS ADORÉ ÊTRE LE PREMIER À FAIRE ÇA MAIS TRÈS SINCÈREMENT, CE LIVRE EST SUPER.

MIEUX QUE ÇA, MÊME : C'EST LE GENRE DE LIVRE QUE J'AURAIS AIMÉ ÉCRIRE OU DESSINER. LE GOURMET SOLITAIRE DE JIRŌ TANIGUCHI EN PLUS DRÔLE ET DÉJANTÉ ! SON CONTENU EST DANS SON TITRE ; ON Y TROUVE PÊLE-MÊLE :

100 FAÇONS DE PREPARER UNE SOUPE MISO

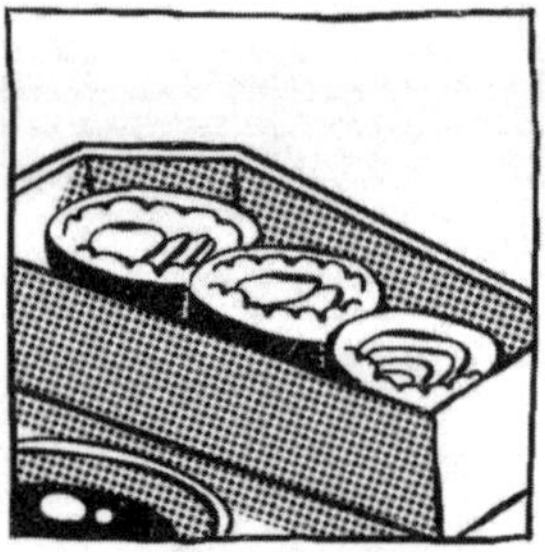

LE REPAS IDÉAL POUR UNE VEILLÉE FUNÈBRE

LE SECRET DES MANJŪ À LA BOUE

LES VERTUS DE L'EDAMAME CONTRE LA GUEULE DE BOIS

LE MENU IDÉAL POUR SATISFAIRE UN LAPIN

L'INTÉRÊT DE BOIRE UNE BIÈRE À VÉLO

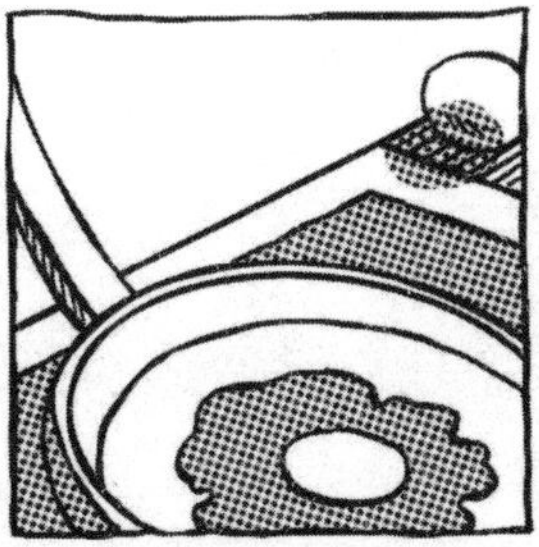

LE SECRET POUR INVERSER LE BLANC ET LE JAUNE D'UN OEUF

UNE FAMEUSE RECETTE DE RÂMEN FROIDE

UNE BONNE IDÉE POUR AMÉLIORER LES VOYAGE À BORD DU SHINKANSEN

ENFIN, C'EST UN LIVRE QUI PARLE DE GASTRONOMIE (VOUS L'AUREZ COMPRIS) MAIS AUSSI DU JAPON, DES GENS, DE L'ALCOOL, DES CACAHUÈTES, BREF, DE LA VIE !

AU MOMENT OÙ JE TERMINE CES LIGNES, MA FEMME EST REVENUE (ELLE S'EST DÉBARRASSÉE DES ENFANTS PROPREMENT), J'AI ENFIN ÉCRIT UNE PRÉFACE MAIS JE NE SUIS TOUJOURS PAS ALLÉ AU JAPON... J'AI FAIT BEAUCOUP MIEUX :

Avertissement

Un glossaire du vocabulaire de cuisine suivant l'ordre alphabétique se trouve en fin de volume.

Toutes les notes sont du traducteur.

Le banquet de pirates

Une certaine excitation me gagne lorsque je bois du lait à bicyclette.

Il faut remonter à ma vie d'étudiant quelque trente années plus tôt pour avoir l'explication de ce phénomène. Je vivais alors seul en résidence universitaire et je volais des bouteilles de lait. Rassurez-vous, j'ai perdu cette vilaine habitude. Je quittais le dortoir sur le coup de six heures du matin et, en passant devant une maison au hasard, je prélevais malhonnêtement une bouteille de lait dans la boîte de livraison parmi celles que le laitier venait de déposer. La condensation couvrait aussitôt le verre de la bouteille d'une fine rosée. J'en détachais la capsule tout en pédalant, j'en engloutissais le contenu avec avidité et je sentais alors souffler en moi le vent de la piraterie ! C'était un livreur de journaux dépendant d'un point de distribution situé à proximité du dortoir qui m'avait indirectement enseigné le procédé en me faisant part de certaines de ses observations :

« Celui qui boit du lait en courant est un type qui vient de soustraire une bouteille quelque part ! »

Le produit d'un vol est incomparablement savoureux. Une pastèque dérobée dans un champ, un œuf dur subtilisé dans un restaurant de ramen, un morceau de sashimi piqué lors d'un banquet dans l'assiette du voisin, le bonbon chipé chez le confiseur, quelques feuilles d'algue *konbu* vinaigrées chapardées dans un kiosque de gare, le bentô d'un copain, etc.

L'expression *nusumigui* (voler et manger) est employée dans le langage ordinaire pour exprimer l'acte de manger en se cachant du regard d'autrui, et si l'origine de cette expression désigne probablement l'acte de manger un aliment chapardé, il ne fait aucun doute qu'un tel acte procure un plaisir singulier. La saveur des aliments servis lors d'un banquet de pirates tient au fait qu'ils sont des produits de rapine. Ils ont le goût du pillage.

Un autre point commun rapprochant l'acte de boire du lait à bicyclette d'un banquet de pirates est qu'ils se produisent tous deux sur un « véhicule » (en l'occurrence, un bateau pour les pirates). Plaisir de manger en se déplaçant. Plaisir de boire en s'enfuyant.

Imaginons que nous léchions une glace à la crème, juché sur notre vélo. Mieux, imaginons que nous buvions une bière. C'est une envie de cacahuètes qui nous prend aussitôt puisqu'il faut bien quelque chose à grignoter pour accompagner la bière (on passera ensuite au saké !). Nous fixerons donc un plateau au guidon. Las, tout ce qu'on y pose dégringolera dès que nous roulerons. Eh bien, qu'à cela ne tienne, accrochons une remorque à la bicyclette, déposons dedans alcool et nourriture à gogo, et laissons-nous trimbaler par le plus jeune employé de la boîte qui pédalera à notre place. Essayez une fois et vous vous rendrez compte qu'il n'y a rien de meilleur au monde. J'avoue ne pas en comprendre réellement la raison. Prenez soin d'installer dans la remorque un bon gros *zabuton*, un coussin bien moelleux, car le risque n'est pas nul d'avoir mal au derrière à force d'être ballotté. On boira un *shôchû* du domaine Mori Izô, accompagné d'une friture de pâté de poisson.

Cette séquence se superpose dans ma mémoire à un événement s'étant produit dans mon jeune âge. J'étais en troisième année d'école élémentaire. Un incendie se déclare un soir dans le voisinage. Ma mère nous fait, mes deux frères et moi, aussitôt évacuer la maison. Puis, estimant à une ou deux minutes l'intervalle de temps avant que le feu ne soit réellement tout proche, elle retourne illico dans notre maison pour y récupérer une couverture et un plateau sur lequel elle dépose les restes du dîner que nous venions de commencer et installe le tout (enfants compris) dans la remorque à bicyclette. Nous fuyons. Les flammes par chance épargnent la maison. Nous rentrons donc, toujours installés dans la remorque et terminant notre repas du soir. Notre père, qui réapparaissait toujours assez tard au domicile familial, s'emporte contre ma mère : « N'aurais-tu pas mieux fait d'emporter l'argent liquide et nos livrets bancaires ? » Ma mère n'avait songé qu'au dîner, qu'elle avait jugé dans l'urgence plus important que toute autre considération. Ah, quelle excitation ce soir-là en finissant de dîner dans la remorque !

Enfant, j'aimais manger des friandises dans les autocars. C'est lors d'une excursion au lac artificiel de Murayama, en quatrième année d'école primaire, que j'ai eu pour la première fois l'occasion de monter dans un autocar. Nous avions obtenu la permission d'acheter des friandises à concurrence de cinquante yens. J'avais donc emporté un paquet de bonbons au caramel à vingt yens, un sachet de *senbei* à vingt yens et un jus Watanabe (boisson ne contenant pas le moindre fruit) à dix yens. J'avais échangé deux bonbons au caramel contre un carré de caramel de la marque Meiji et j'avais mangé le tout dans le car. Le jus Watanabe est une poudre à diluer dans l'eau. Par la suite, lorsque j'ai commencé à travailler, ce furent les voyages d'entreprise en autocar de luxe jusqu'à Oarai dans les environs de la ville de Mito. A peine monté dans le car, on décapsulait les bières puis venaient les tours du saké et du whisky. Un vrai banquet de pirates ! Voilà ce que signifiait pour nous *entrer dans la vie active*. Bouteilles et gobelets voltigeaient par-dessus les fauteuils inclinables. Tous les passagers, y compris le directeur de l'entreprise et sa nouvelle recrue (moi), étaient ivres morts avant d'arriver à destination. Les vibrations et ballottements du car sont la source d'une curieuse excitation lorsque je bois en me déplaçant. Je l'éprouve au niveau de l'œsophage.

Un jour, un de mes amis, propriétaire d'un restaurant de tempuras, a acheté une Mercedes-Benz. Il m'a emmené rouler de nuit sur l'autoroute Chûô en ayant pris soin de lester au préalable la voiture de saké et de deux *teishoku* de tempuras. Un vrai banquet ! Un authentique *ryotei* ambulant ! Une folle exaltation s'est emparée de nous, au point de balancer les queues rouges des crevettes en tempura par la vitre entrouverte de la Benz ! Je l'ai alors soupçonné de doubler à vive allure des Subaru 360, toutes plus envieuses les unes que les autres, uniquement pour se donner l'air d'un nouveau riche ayant subitement fait fortune dans l'immobilier. Cet étrange plaisir qu'il éprouvait est rapidement devenu une mauvaise habitude. Nous récidivions bientôt avec un *teishoku* de sashimis. Ce *teishoku* que je n'avais pas trouvé si fameux dans son restaurant se métamorphosait en banquet de pirates à bord de la Mercedes-Benz lancée à fond de train.

Il m'arrive quelquefois de vider des canettes de bière dans des taxis. Mon lieu de travail se trouve dans le quartier d'Akasaka (8-chome). J'avoue qu'un de mes petits plaisirs après une nuit de travail est de me faire raccompagner chez moi en taxi sur le coup de cinq heures du matin, une canette enfoncée dans la poche. Le trajet par l'autoroute jusqu'à mon domicile dure une trentaine de minutes. J'entrouvre la vitre du véhicule. Contempler le lever du jour en sentant les bulles pétiller dans sa bouche et le vent fouetter son visage. Boire une bière dans un taxi lancé à cent vingt kilomètres heure sur l'autoroute distille aussi un je-ne-sais-quoi de banquet de pirates. Ah, la sainte Trinité! Un curieux penchant me pousse à désirer aussitôt quelque chose à boire ou à manger dans un véhicule en mouvement. Cela pourra être un bentô de gare en m'installant dans la grande roue d'un parc d'attractions ou une envie de gin en dévalant des montagnes russes.

La consommation d'alcool est interdite dans les autocars aux Etats-Unis. Je les déconseille donc à ceux qui aiment boire de la bière en canette dans un car de tourisme. Ils feront mieux de s'abstenir de toute excursion en bus. Les mœurs et les manières de penser diffèrent selon les pays. Par exemple, la conduite en état d'ivresse n'est pas sévèrement punie aux Etats-Unis. La présence d'alcool dans votre haleine ou dans votre sang n'implique pas automatiquement une sanction car les individus supportent plus ou moins bien l'alcool. Si un agent de police soupçonne chez vous un état d'ivresse et vous contrôle, il vous fera d'abord marcher sur la ligne blanche bordant la chaussée. Vous serez verbalisé si vous titubez mais n'aurez rien à redouter si vous êtes capable de marcher droit. Certaines personnes restent lucides même après une bouteille de bourbon tandis que d'autres sont ivres dès le premier verre de bière. Les effets de l'alcool sur le corps humain sont relatifs et varient selon les individus. Les Etats-Unis ont une manière rationnelle d'envisager les choses.

On trouvera sûrement toujours du vin et du rhum à bord d'un bateau de pirates. Retracer l'origine de la diffusion de la cuisine occidentale au Japon nous conduira à la fois du côté du New Grand Hotel de Yokohama et de celui des collations servies à bord des cargos de la compagnie de transport maritime Nippon Yusen Gaisha. La cuisine des paquebots de croisière a toujours été très raffinée. Il ne fait aucun doute que la gastronomie occidentale est arrivée au Japon par bateau. Jouer, manger et dormir étant les trois principales distractions à bord, il est primordial de proposer une cuisine soignée. Nous voilà une nouvelle fois en présence d'une cuisine consommée dans un moyen de locomotion. Le roulis du navire fait s'entrechoquer les verres et glisser les plats d'un bord à l'autre de la table. Qui sait si le geste d'un barman de western translatant un verre de bourbon d'un bout à l'autre du comptoir n'est pas une forme de remake d'une scène de bateau par gros temps ? Un comptoir de bar serait un cargo au mouillage ! La vulgarité de ce geste n'exclut néanmoins pas une certaine forme de dandysme. Boire ou manger à bord d'une embarcation sont très souvent signes de romance ou de drame, que ce soit à bord d'une simple barque sur l'étang d'un parc (les pop-corn s'y marient très bien), d'un chalutier ou d'un voilier (ne pas oublier de mettre les bières dans la glacière), d'un ferry (il y avait un dispositif métallique permettant de fixer sa bière sur celui reliant Hakodate à Aomori !), d'un paquebot ou de tout navire transportant des passagers (une odeur de *kimchi* dans le restaurant du ferry reliant Pusan à Shimonoseki). Déguster un poisson tout juste tiré de l'eau et aussitôt découpé en sashimi sur un canot de pêche est une expérience inoubliable. Savourer une tranche de chair encore ferme, irriguée de vie, est un instant exceptionnel. Certains affirment que la chair découpée du poisson fraîchement pêché sera meilleure après l'avoir laissée reposer. Je ne suis pas convaincu. Mon expérience m'a appris que la chair du poisson à peine sorti de l'eau recèle une fermeté qu'on ne lui connaîtra plus. Le goût authentique du poisson, c'est quand il vient d'être pêché. Certes, le goût prend une certaine ampleur après une nuit mais la chair, elle, perd en vigueur. Les restaurants de poisson que vous rencontrez le long des côtes non loin de ports de pêche (par exemple chez Kawatarô dans le village de Yobuko à Kyûshû) vous servent, eux, des seiches du jour, à la différence des restaurateurs de Tôkyô dont les poissons ont passé plusieurs jours dans des viviers. Jetez un œil à ces daurades ou à ces chinchards d'aquarium, ils nagent encore mais ils sont morts ! Ces poissons-là sont les plus mauvais.

En avion, champagne ! Toutes sortes d'alcools sont disponibles sur les vols internationaux. Vin blanc ? Whisky ? Cognac ? Bière ? Vous marquez un temps d'hésitation. Eh bien, n'hésitez plus et optez pour le champagne ! Le champagne étant ce qu'il y a de plus cher, au regard du prix payé, autant choisir le meilleur service, souffle en moi un avare profiteur. Il n'en reste pas moins vrai que je suis convaincu que le champagne s'accorde le mieux à l'excitation joyeuse qui s'empare d'un voyageur embarquant dans un avion. Ou, à la limite, se contenter d'un vin blanc. Ceci dit, les vins rouges des vols internationaux ne sont généralement pas fameux. Je me souviens d'un voyage en première classe où j'avais commandé par snobisme les vins qui m'avaient paru les plus coûteux à la lecture de leur seule appellation. Les plus coûteux sont indubitablement les meilleurs en matière de vin rouge. J'avais donc prétexté vouloir les goûter tous avant d'arrêter mon choix et demandé qu'on ouvre les deux ou trois bouteilles qui me paraissaient les plus onéreuses. Eh bien, j'ai compris en reprenant conscience que j'avais vidé les trois bouteilles ! Un voyage en première classe n'étant pas donné, je crois nécessaire de faire l'effort d'en avoir pour son argent.

Il est assez fréquent, ces derniers temps, d'apercevoir des ballons dirigeables dans le ciel. Ils servent souvent de supports publicitaires. Je ne suis jamais monté dans ce genre d'aéronefs mais je pense que la vodka glacée conviendrait parfaitement. J'ai entendu dire que ça secouait pas mal là-haut. Rien de tel dans ces conditions que de siroter à petites lippées une vodka et d'attendre que l'alcool se mette à circuler dans l'organisme.

J'ai eu l'occasion de visiter les installations de la NASA il y a cinq ans et de goûter à la nourriture des astronautes. Cela se résume à diverses sortes de plats en sauce, de hamburgers et de soupes. Il faut vraiment être américain pour réussir à produire quelque chose d'aussi épouvantable ! Le pire, ce sont les glaces. L'*ice-cream* spatial ressemble à un gâteau de sucre impossible à refroidir complètement qui garde un goût de pâte lorsqu'on mord dedans. J'en ai rapporté un pour le « croquer » juché sur un scooter des mers dans un parc de loisirs. Le goût de cette glace s'est curieusement métamorphosé en un délicieux sorbet alors qu'elle m'avait paru « sèche ». Les astronautes mangent propulsés à des vitesses insensées. Leur nourriture ne peut donc pas avoir le même goût lorsqu'elle est consommée à terre. Un phénomène comparable au bentô de gare avalé dans un avion, quoique cette expérience ne soit pas vraiment l'occasion de se réjouir…

Au chapitre des repas pris dans un moyen de locomotion, les bentôs de gare et les collations des voitures-restaurants nous sont le plus familiers. Il y a peu de voitures-restaurants convenables sur le réseau ferroviaire japonais, à l'exception des trains rapides circulant à Hokkaidô et du train couchettes Hokutosei Limited Express. Les voitures-restaurants des Shikansen circulant sur la ligne Tôkaidô sont à éviter. Le train japonais est sans doute l'un des plus efficaces et des plus fonctionnels au monde, mais la cuisine des voitures-restaurants est de troisième catégorie. Aussi, pourquoi ne pas prévoir, quitte à proposer d'aussi mauvais bentôs, des wagons dans lesquels il serait possible de faire soi-même sa cuisine ? Nous échangerions notre Super Express pour un Self-Kitchen Omnibus. Il serait composé de dix wagons dont trois seraient de véritables cuisines sur boogies, trois des restaurants et les quatre derniers destinés aux passagers assis.

Il faudrait évidemment que de telles voitures-restaurants circulent dans tout le Japon. Les express, plus rapides, dépasseraient nos convois omnibus mais nous ne sommes pas pressés ! La vitesse n'est pas le sujet. Ces Self-Kitchen Omnibus seraient empruntés par moi, les étudiants, les chômeurs, les oisifs. Nous prendrions le temps de nous faire à manger tout en effectuant un tour du Japon et en nous procurant le meilleur poisson et les produits régionaux les plus réputés. Nous collectionnerions un produit par gare. Un sentiment d'allégresse me prend en imaginant les poissonniers du coin se pressant sur le quai des gares où nous ferions étape et nous proposant leurs plus beaux chinchards et leurs plus belles soles.

« On achètera du poulpe à la gare d'Akashi, c'est la prochaine ! »

Ah, plaisir de l'attente ! Les petites sardines de la mer intérieure à l'arrivée à Hiroshima ! Les oursins de Moji ! Des *ara* à Hakata ! On ne lésinerait pas à la dépense. Chacun préparerait ce qu'il voudrait. Nous partagerions. Une véritable ambiance de cure thermale ! Ah, comme on s'amuserait ! Qui plus est, en faisant un tour du Japon !

Cette idée de Self-Kitchen Omnibus serait aussi une manière d'encourager et de soutenir les préparateurs de bentôs de gare. Un ami photographe qui a fait paraître un album documentant tous les bentôs de gare du Japon m'a confié qu'il n'y avait qu'une seule et unique façon de photographier un bentô d'une manière alléchante. Vous devez systématiquement vous déplacer avec un autocuiseur bourré de riz de la variété *koshihikari* et remplacer le riz d'origine contenu dans le bentô par cette variété de riz dont l'apparence est bien plus appétissante. Le riz qui vient d'être cuit a des reflets brillants du plus bel effet. Aucun photographe, aussi doué soit-il, se contentant de photographier le bentô tel qu'il se présente n'arrive à la cheville de mon ami. Ce qui fait la qualité d'un bon bentô, c'est d'abord le riz. Ce détail est souvent négligé. C'est sans doute la raison pour laquelle les bentôs sont de nos jours moins populaires. Nous en dirons autant des voitures-restaurants…

Un Shinkansen se déplace à plus de deux cent soixante-dix kilomètres heure. Autrement dit, à une vitesse supérieure à celle d'une balle de baseball lancée par le plus talentueux des pitchers. Un voyageur boit sa bière et mange en se déplaçant plus rapidement qu'une balle de baseball. Ce n'est donc pas un environnement courant. Le Shinkansen offre les conditions les plus propices à ce qu'on pourrait appeler une *cuisine-locomotive*, celle devant absolument être consommée en mouvement.

Je propose la création de voitures-sushis sur la ligne de Shinkansen du Tôkaidô. On remplacerait les fauteuils par des sièges de comptoir et le comptoir occuperait toute la longueur du wagon. Les meilleurs chefs sushis de Tôkyô, une vingtaine environ, seraient embarqués et s'y relaieraient. Le repas serait sans doute un peu plus coûteux mais qu'importe, nous prendrions le Shinkansen de Tôkyô à Osaka uniquement pour manger des sushis ! Voilà le genre de restaurant dont je propose la création.

« Que dirais-tu de faire le retour en Shinkansen tout en mangeant des sushis plutôt que de rentrer en avion ? »

Ah, le pied que ce serait ! Une seule et unique voiture-restaurant suffirait-elle ? Qu'à cela ne tienne, prévoyons-en deux ! Deux ne suffisent plus ? Et de trois ! Mieux, le convoi sera bientôt composé uniquement de voitures-sushis ! L'image de tous ces passagers dégustant des sushis dans un Shinkansen n'est-ce pas celle d'un bonheur absolu ? Les sushis se couchent sur le côté dans les courbes ? Vous en voulez encore ? Qu'à cela ne tienne, on fera des wagons en riz au risque de voir tous les voyageurs mordre le train ! La cuisine-locomotive pourrait bien nous offrir des plaisirs inconnus même des plus grands *ryôtei.*

J'allais oublier la plus élémentaire et la plus simple cuisine-locomotive. La cuisine-marathon ! Le marathonien s'alimente pendant la course de boissons énergétiques qu'il a préparées lui-même. Pourquoi ne pas tenter quelque chose de similaire ? L'observation de ces sportifs montre que boire en courant n'a pas l'air simple même si les plus doués le font avec aisance. Un jour, on verra apparaître un coureur doté d'une *force pirate* incroyable, capable de manger de la viande grillée au barbecue durant une course. (Il faudra toutefois vérifier ce que dit le règlement sur ce sujet.) Et pourquoi pas des *sômen.* Je forme le vœu de pouvoir voir un jour un coureur japonais franchir la ligne d'arrivée avec des bouts de nouilles s'agitant à la commissure des lèvres. (Mais je rêve sans doute.)

Manger des haïkus

Dans un haïku, Bashô confie la chose suivante : *Matin de neige, seul grignotant du saumon séché.* Cette image est d'une tristesse insondable. Elle donne envie d'apporter une tasse de thé fumant à ce Bashô grelottant, occupé à ronger un filet de saumon séché avec les dents, et de lui adresser quelques paroles de réconfort : « Prends garde à ne pas mordre sur le côté de ta dent cariée. »

La tristesse s'empare de celui qui doit laisser mariner le sushi. Buson semble également d'humeur morose. On attendrait quelque chose de plus éclatant de sa part. Mais quoi, Buson ! Quelle est la raison de ce caprice ?

Issa a composé un haïku évoquant une soupe froide : *Vers l'ombre d'un arbre traînant ma natte, soupe froide.* Il devait en effet faire bien chaud. Nous imaginons le poète en quête d'ombre où poser sa natte et avaler sa soupe, le vers est bien tourné mais il reste fade.

Parler cuisine embarrasse le poète. A croire que l'excellence d'un mets ruinerait son inspiration et que ses émotions sont proportionnelles à la mauvaise qualité des plats qu'il consomme. Je ne vois pas d'autres explications.

Prenez ce haïku de Maeda Fura : *Cuisine d'été, seul avec ma soupe brûlante.* Ce que l'on y mange n'a pas l'air fameux. Consommer de la cuisine d'été et s'en trouver d'humeur morose est un trait caractéristique de la sensibilité du poète, toujours prêt à en rajouter sur le sentiment de solitude et d'abandon s'emparant des humains en cette saison. Il suffit à Fura d'indiquer que sa soupe est trop chaude pour nous faire éprouver l'ennui et l'état de fatigue dans lesquels il se trouve. La saveur en tant que telle de l'aliment est ici secondaire.

Takahama Kyoshi écrit : *Dîner sur l'eau, la barque glisse au milieu des reliefs de repas.* Voilà un poème que je voudrais placarder dans les couloirs du ministère de l'Environnement, tant cette image de rebuts flottant à la surface de l'eau est peu ragoûtante ! C'est la fraîcheur que nous dégustons en été sur une embarcation. Nous sommes vêtus d'un *yukata*, nous tenons notre éventail en main, nous sommes assis sur une natte de paille tressée, le vent de la rivière nous caresse le visage. C'est toute une ambiance que nous engloutirions si, comme dans le poème de Kyoshi, il n'y avait la vue de ces restes de nourriture flottant sur l'eau, jetés par-dessus bord et se mêlant aux sacs en plastique et aux innombrables détritus surnageant à la surface de la rivière Sumida, déchets et autres ordures que tous feignent de ne pas remarquer.

Abandonnons la modeste embarcation de la Sumida et montons à bord d'un luxueux paquebot. Le *Queen Elizabeth* par exemple, qui navigue en semant après lui des tonnes de reliefs de cuisine. La cuisine sur l'eau, c'est un peu comme manger en déféquant ! Il n'en reste pas moins certain, du point de vue du poète, que plus le poème sera impertinent, plus il fera mouche.

Un haïku de Hoshino Tatsuko, *Dîner en bateau, jambes lourdes dépliées devant soi*, traduit parfaitement l'état d'épuisement du passager qui vient d'avaler une montagne de mauvaises tempuras de gobies. Les tempuras lors d'un repas pris sur l'eau, surtout lorsqu'elles sont préparées sans soin à bord par le tenancier du bateau, font probablement partie des trois choses les plus désagréables de nos jours. L'huile est trop tiède, la friture est trop molle. Le spectacle de tempuras dédaignées et abandonnées sur le coin d'un plat est une vision insoutenable. Elle donne effectivement envie de tout jeter :

« Vous n'en voulez plus, je les balance, pas de regrets ? »

Bref, celui qui voudrait faire l'étude des choses mauvaises ou peu mangeables ferait bien de goûter aux plats et aliments mentionnés dans les haïkus.

J'en présenterai trois, évoquant un poisson que j'apprécie particulièrement : le fugu.

Bashô : *Mais qu'imaginais-tu hier en avalant ton bouillon au fugu ?*

Kikaku : *Poisson-globe lavé en eaux troubles dans le quartier de Shimogawara.*

Kyoshi : *Mais toi qui as bouffé du fugu, tu es toujours vivant ?*

Ces trois poèmes se moquent éperdument de la saveur du fugu et n'évoquent que le poison contenu dans les abats du poisson. Ce dont ils rendent le mieux compte, c'est de l'état psychologique où se trouve celui qui vient d'en consommer. Les « eaux troubles » de Kikaku expriment un état proche de celui provoqué par la vue des « reliefs de repas » dans le poème de Kyoshi évoqué plus haut. Parmi ces trois poèmes, celui de Kyoshi exprime sans doute le mieux l'état d'esprit de celui qui vient de consommer du fugu. Inutile de préciser qu'aucun de ces trois haïkus ne trouvera sa place dans le tokonoma d'un restaurant de fugu. Car ce ton teinté d'ironie et l'insistance à rappeler la particularité du fameux poisson ne sauraient ouvrir l'appétit ! En revanche, aucun risque d'intoxication si le haïku était une denrée consommable, ce qui donnerait : *Tu viens d'avaler un haïku causant fugu et pourtant tu es toujours bien vivant !* (Arashiyama).

Les pauvres se nourrissent de coquillages *shijimi*. Kobayashi Kôji écrit : *Finances à l'agonie, condamné à la soupe de shijimi*. Il exprime le pouvoir de cette minuscule palourde d'eau douce lorsqu'elle devient l'unique recours de qui se retrouve dans le besoin. Le lecteur aura tendance à plaindre le poète :

« Il avait donc si peu d'argent, cet homme-là ? »

Or, rien ne dit qu'on avalait de la soupe aux *shijimi* chez les Kobayashi. Comment le savoir, d'ailleurs ? Qu'en fut-il réellement ? Je ne peux toutefois m'empêcher de songer à ce poème chaque fois que l'on me sert cette « soupe du pauvre » et ce, d'autant que c'est celle que l'on vous apporte lorsque vous passez la nuit dans une auberge de luxe dans une station thermale. Cette soupe est en effet connue pour ses vertus dégrisantes après un abus de boisson. Elle vous rappelle immédiatement à la réalité des « finances à l'agonie » du foyer et fait souffler un vent de lucidité dans votre crâne ! Cela s'appelle d'ailleurs l'effet « soupe de *shijimi* ». Jadis, il suffisait d'aller à la rivière pour en ramasser. C'était gratuit. On en mangeait matin, midi et soir. Mon cœur se serre à cette pensée.

Toujours en rapport avec l'univers culinaire du haïku, un poème de Kubota Mantarô me revient à l'esprit : *Tôfu chaud, pâles lueurs aux confins de la vie.* C'est un vers célèbre, connu même des personnes ne goûtant guère la poésie. Mantarô nous a également laissé ce vers évoquant le tôfu froid : *Les baguettes des vieux époux se croisent sur le tôfu froid.* L'acteur principal dans ce poème n'est cependant pas le tôfu froid, ce sont les baguettes. Le premier poème *(pâles lueurs aux confins de la vie…)* touche à l'essence même du tôfu. Seule une longue fréquentation du tôfu permet de comprendre sa vraie nature. Celui dont parle Uchida Ryûei dans son *Yudôfu, jours d'une vieillesse sereine,* parle de cette longue accointance. Il sous-entend aussi les périodes de disette ayant sans doute par le passé accablé le vieux couple.

Lorsqu'il s'agit de tôfu froid, certains poèmes sont plus difficiles à saisir que celui de Mantarô. Ainsi ce haïku de Miyatake Kankan : *La femme du forgeron qui achète du tôfu froid est à nouveau enceinte.* Holà ! Voilà qui donne envie de lui demander son secret, au tôfu froid ! Ce haïku dégage une agréable impression de fraîcheur mais que signifie-t-il exactement ? Que la consommation de cet aliment rendrait les femmes plus fécondes ? Ou bien ne serait-ce pas plutôt qu'à la fraîcheur de ce tôfu dont il raffole malgré sa fadeur pour sa richesse en protéines, ce forgeron de mari préfère encore la chaleur de certains ébats ? Les conjectures appelant les conjectures… Figurons-nous quatre demeures mitoyennes : la maison *shijimi* (aux finances en berne), la maison du tôfu froid, la maison Mantarô, eh bien, Hasegawa Shôsô habiterait certainement la quatrième.

Ragots d'amertume, mizuyôkan. Ce poème d'Hasegawa est bien connu des spécialistes du haïku. La consommation de ce gâteau aux algues et aux haricots rouges incite à dire du mal d'autrui. Les clichés et autres a priori évoqués dans un haïku influencent notre appréciation du goût des aliments. Prêter l'oreille aux ragots concernant une connaissance commune tout en dégustant un *mizuyôkan* est en réalité une chose fort agréable, procurant souvent l'impression de n'avoir jamais vécu que pour cet instant. Vous aurez soin toutefois d'éviter le *mizuyôkan* de qualité supérieure pour ne pas avoir le sentiment de gâcher. Il sera préférable de se cantonner aux produits ordinaires peu coûteux et en vente partout.

« L'avarice de ce type est sans commune mesure, c'est un diable ! »

Le ministère de la Santé et du Troisième Age devrait ériger en « Senior idéal » la figure de la personne âgée capable de continuer à démolir sans faiblir le rectangle de pâte molle au moyen d'une petite cuillère tout en tendant l'oreille à ce genre de ragots.

Mais le *mizuyôkan* évoque plutôt chez moi une volonté de réconciliation après une dispute. On dit qu'offrir un *mizuyôkan* est une façon convenable de demander pardon lorsque, par exemple, complètement saoul, vous en êtes venu aux mains avec un tiers. Tout comme, *a contrario*, il est convenable d'attendre que votre agresseur se manifeste et vous offre un *mizuyôkan* pour obtenir votre pardon si vous avez été la victime des coups. Dans un cas comme dans l'autre, le *mizuyôkan* conserve un arrière-goût frais et sucré de baston. Mais qu'on en reçoive ou qu'il soit pour offrir, c'en est fini de la bagarre dès les cinquante ans passés et le *mizuyôkan*, on l'achète soi-même pour le déguster en féminine compagnie. Je reconnais qu'une envie de ragots peut aussi vous prendre en de pareils moments ! Ceci dit, il m'est arrivé de recevoir en cadeau du *mizuyôkan* de qualité extra supérieure. Je me suis alors identifié aux personnages de ce haïku d'Oba Hakusuirô : *Mizuyôkan, de vieux époux bien accordés.* Goût excellent mais teneur en ragots très insuffisante !

Le poète a la fâcheuse tendance à prendre prétexte d'une gentillesse pour sombrer dans la tristesse. Faites-lui un cadeau et il vous répond comme dans ce poème de la poétesse Kikuchi Hôjo : *Thé nouveau sur thé ancien, je vis seule.* Le meilleur cadeau à lui faire sera probablement de l'ignorer mais je l'imagine alors tout à fait capable (comme mon père) de se fendre d'un : *Il ne vient plus le thé que l'on m'offrait jusqu'à l'année dernière.* Il serait dommage d'en arriver à ce froid constat, à l'instar chez le forgeron d'une nouvelle grossesse de sa femme. Quant à moi : *Fuji TV m'offre du mizuyôkan lorsque les audiences sont bonnes.*

Thé glacé, conversation interminable. Ce thé glacé dont il est question dans ce poème de Niimura Kanka n'a pas l'air fameux. Cela ne signifie pas que l'établissement dans lequel il est servi ne sait pas le préparer mais que celui qui le boit n'y prend aucun plaisir. Ce thé a un arrière-goût déplaisant. On dirait du Ishikawa Takuboku. On finirait par apprécier de moins en moins le thé glacé après la lecture de tels haïkus. D'ailleurs, plus j'y réfléchis, plus je suis convaincu que les meilleurs poètes sont en réalité des individus capables de déguster sans appétit les mets les plus réputés. La littérature a un effet néfaste. Elle est capable de s'emparer d'un mets qui peut certes ne pas être fameux pour vous emporter sur des terrains inattendus et plus infâmes encore. Il s'agit selon moi d'un crime de l'intelligence car, enfin, il est fort possible d'avoir une agréable conversation tout en buvant du thé glacé !

Un haïku où figurerait du saké contribuerait-il à détendre l'atmosphère ? *Saké chaud contre les femmes au cœur tiède*, écrivait Yano Hôshi. Un autre tout à fait poignant de Shyôbu Aya : *Les ivresses de mon père accroissent ma haine du shôchû.* Katsura Nobuko est plus explicite encore : *La bière est amère et jamais ne fera de vous une forte femme.* Le message est clair. Voilà ce qui vous attend en faisant boire un poète. Pas plus la bière que le saké n'égayent le poète. A croire qu'un poète d'humeur joyeuse perdrait son talent…

Qu'en sera-t-il de la cuisine de Nouvel An ?

Voici venu le temps des réjouissances. Nous pourrions espérer que… Eh bien non ! Le poète est triste, y compris le Jour de l'an lorsque l'on fait griller le mochi. *Même d'humeur joyeuse, la cuisson du mochi reste triste*, prévient Matsumura Sôseki, déjà déprimé. Ozawa Hekidô nous rappelle quant à lui à une bien triste réalité. *Baguettes en saule, absence de ma mère cette année.* Voilà qui est en effet une grande douleur. Le haïku de Nouvel An a souvent la couleur du désespoir. Shiki s'interroge : *Longue maladie, goûterai-je encore cette année la soupe au mochi ?*

J'ai oublié le nom de l'auteur de ce poème : *Ivresse de shôchû, les rayons déclinants du soleil me poursuivent.* Ah, la bonne ambiance de ce vers ! Nous visualisons parfaitement le type s'enfilant godet sur godet depuis la mi-journée. Un vrai thriller. D'autant que Nishibi est peut-être le patronyme du président du syndicat des producteurs de *shôchû*[1]...

Buson encore vivant aurait pu devenir réalisateur de films d'épouvante car c'est une vision des Enfers qu'il nous propose dans ce poème : *La vapeur infernale de l'amazake flotte aussi sur le volcan Hakone.* Je me demande d'ailleurs si je ne vais pas changer mon nom en Arashiyama Buson ! Une cuisine est ancrée dans un terroir et subit, en arrière-plan, l'influence d'esprits maléfiques toujours prêts à fondre sur vous. Buson est un poète d'une sensibilité ambiguë.

Buson, toujours, nous propose une vision dramatique de l'univers, subitement divisée en deux moitiés : *Tokoroten, galaxie renversée de 3 000 lieues.* Le *tokoroten* se transforme subitement entre ses mains en une image stéréoscopique. L'observation minutieuse de l'aliment par le dîneur détermine son goût. La réussite d'une recette est donc aussi le souci du mangeur.

La forme molle du *tokoroten* stimule l'imagination du poète. Bashô n'y va pas par quatre chemins : *Puiser de l'eau à la source sacrée, tokoroten.* Quant à Issa, il nous propose l'élégant : *Tokoroten, cascade surgie du pressoir sous l'auvent.* Ou encore ce poème de Kigai qu'il nous

1. Jeu de mots avec *nishibi* signifiant « soleil couchant » mais qui peut être aussi un nom de famille. Le haïku serait alors à comprendre ainsi : « Ivresse de *shôchû*, monsieur Nishibi me poursuit ».

lance à la manière d'un *forkball*: *Tokoroten, presser l'eau de la journée.* Naitô Meisetsu est un spécialiste des lancers courbes : *Est-ce la tempête qui gonfle dans le baquet de tokoroten ?* Méfions-nous de celui dont le regard est capable de détecter la formation d'une tempête dans un baquet !

La victoire revient tout même à Buson. La saveur de l'aliment transcende chez le poète les catégories du bon ou du mauvais. Un *tokoroten* se métamorphosera aisément en galaxie ou en tempête. Nombreux sont les haïkus s'appliquant à saisir le goût d'un aliment dans un certain contexte plus que sa saveur intrinsèque. Ainsi, ce poème de Yamaguchi Seison qui suscite aussitôt l'adhésion : *Soba de nuit, la neige engloutit ce hameau de la province de Michinoku*[1]. Tout à fait. Comme ce vers me parle ! Le grand maître en route vers Michinoku ne peut passer son chemin sans faire étape dans un hameau des alentours où vit l'un de ses disciples. Il s'arrête donc dans une auberge tenue par une famille illustre qui lui sert une cuisine attentionnée. Moi qui ai beaucoup voyagé et connais les grands maîtres de haïkus, ce poème me parle immédiatement. Ce disciple lui aura-t-il fait l'éloge de ces fameux *soba de nuit*? Le regard du poète ne peut s'empêcher de se focaliser sur eux ! Le contexte et les circonstances sont ce que nos auteurs consomment en premier.

---

1. L'expression *yotakasoba* (littéralement « *soba* de la buse de nuit », rendu par « *soba* de nuit ») fait allusion aux *soba* vendus la nuit et symbolise le repas pris dehors par une froide nuit. L'origine de cette expression est indécise. Une thèse voudrait qu'elle dérivât d'un mot employé à l'époque d'Edo pour désigner une prostituée racolant de nuit en tirant sur les manches des clients. Une autre, que le prix d'un bol de *soba* la nuit était le même que le prix d'une prostituée.

Il est question de marmite de viande de biche dans un poème de Taigi : *Flammèches dans la paume de ma main, j'avale ma potion.* On dit que manger de la viande de biche vaut tous les remèdes. Or, manger de la viande étant assez mal considéré, Taigi en aurait-il consommé dans l'obscurité ? Ou bien la pièce était-elle mal éclairée ? Le saura-t-on jamais ? Il est probable que Taigi approcha sa lanterne pour se repaître de cette viande, seul et en silence. Gageons qu'elle eut la saveur du secret.

Parmi tant de jours ordinaires, le jour du riz aux champignons. Les champignons évoqués par Hino Sôjyô sont des *matsutake* ! Tous les Japonais raffolent du riz aux *matsutake.* Le jour du riz aux champignons est un jour exceptionnel. C'est dans cet état d'esprit que nous les consommons.

Aparté dans la conversation, serait-ce l'heure des oden ? Avec ce haïku de Tatsuoka Shin, eh bien oui, c'était le moment que nous attendions ! Médire avec du *mizuyôkan* puis s'avaler des *oden* en partageant quelques secrets…

« Que ceci reste entre nous, bien sûr. »

… Dans l'attente que fourche la langue, tel est l'effet *oden* ! Voilà comment se comporte la cuisine des haïkus.

Je me suis mis en quête de poèmes évoquant le sushi.

Les sushis que nous apercevons dans ces haïkus ne sont pas ceux que l'on commence à préparer à l'époque d'Edo mais des sushis de poissons fermentés, plongés dans le sel, ou à base de poissons marinés. Commençons par ce poème de Kikaku qui m'a l'air délicieux : *Sushis de murène, nostalgie de la vieille capitale.* La première envie de Kikaku au retour d'un long voyage est de manger ces sushis qui sont une spécialité de Kyôto. On sent Kikaku se réjouir à cette perspective. Shintoku avance quant à lui : *Ces suzumezushi feraient danser.* Le poème n'est pas particulièrement remarquable – le poète exagère un peu @– juste bon à être accroché au mur d'un restaurant où, là, il sera évidemment excellent, d'autant que cette forme d'exagération fait partie du goût du *suzumezushi.*

Buson, cité plus haut, affirmait que *: La solitude s'empare de celui obligé de laisser mariner le sushi.* Est-ce parce qu'ils sont acides et vinaigrés que les sushis rendent triste et mélancolique ? Est-ce parce qu'ils sont froids ? Je ne saurais me prononcer. En revanche, Awano Seihô est impardonnable d'évoquer sa vieillesse en ces termes : *Mes vieux jours, une histoire de sushis dans une feuille de plaqueminier.* On trouve chez Buson un *Nuages sur le château de Hikone, funazushi.* Celui-là a franchement le goût du Buson ! Le spectacle du carassin mélangé à du riz en train de fermenter ressemble effectivement aux nuages flottant par-dessus la forteresse de Hikone. La persistance des nuages sur le château exprime parfaitement la rémanence de goût de ce sushi longuement fermenté.

J'ai terminé la lecture du volume des cent rimes, le sushi a bien mariné. Si je comprends mal le sens de ce poème de Mori Ogai, j'y perçois cependant de grands airs modernistes. Satoh Kôroku : *Il demande à sa femme d'ôter le couvercle du baquet à sushis.* Ben voyons ! Satoh Kôroku traitait donc ainsi son épouse… L'odeur de la femme imprègne le baquet à sushis. Rien ne vaut ce haïku d'Itoh Shintoku évoquant la sienne : *Ma vieille épouse, pression sur les sushis d'une nuit.* Quand on sait que les hommes du temps jadis considéraient leur femme comme une « pierre de poids » *(omoshi)*, ce vers traduit la profonde affection que l'auteur portait à la sienne. Muroo Saisei est certainement celui qui a parfaitement compris l'usage de cette pierre : *Le trou dans la pierre de poids n'a pas protégé les sushis, pluie gouttant sous l'auvent.* La pierre de poids n'a pas rendu son office, la pluie, en gouttant, l'a percée ! Ici encore, l'intérêt du poète se porte davantage sur la pierre que sur les sushis. Kawahigashi Hekigotô est un professionnel du croquis instantané. *Le brouillard laiteux de la nuit monte sur la blancheur du riz à sushis.* Pas mal tourné ! Quant à Samukawa Sokotsu, il nous offre encore un croquis pris sur le vif : *Banc de petits poissons dans le baquet à sushis.* Ces petits poissons ne seraient-ils pas des *ayu* qui, alignés dans un baquet à sushis, donnent l'impression de nager dans le courant ?

Ces haïkus produisent une agréable sensation de fraîcheur et ces sushis seraient réellement succulents si les poètes savaient s'en tenir là. Hélas, ils ne peuvent s'empêcher d'y incorporer quelque amertume ou une dose de désespoir, à l'instar de Maeda Fura dans ce dernier poème : *Deux ou trois annulations lorsque les sushis sont enfin prêts.* Moralité : manger des haïkus, c'est s'entraîner à avaler de bien mauvaises choses !

Qu'est-ce qu'un trou pour la racine de lotus ?

J'ai fini par percer le mystère de la mauvaise qualité du vin d'Azerbaïdjan.

Le malfaiteur se nomme Egor Ligatchev et il appartient à l'aile conservatrice du parti communiste de l'Union soviétique (PCUS). C'est du moins ce que m'a appris un ami revenu d'un reportage en Union soviétique. En 1987, Ligatchev lançait une campagne contre l'alcoolisme et arrachait tous les pieds de vigne d'Azerbaïdjan. Sachant que cinquante années sont nécessaires pour obtenir un raisin propre à la vinification, voilà qui explique que le vin azerbaïdjanais soit si mauvais qu'il vous plonge dans un spleen d'une profondeur insondable.

J'en viens sans transition à mon affaire de lotus de Shiroishi.

Shiroishi est un polder donnant sur la mer d'Ariake. Les terres fertiles de Shiroishi bénéficiant en outre d'un climat tempéré produisent les fameux *renkon* de Shiroishi. Ces lotus sont fameux ! La seule idée d'en manger excite le gourmet…

Le Japon n'a jamais connu de politique d'interdiction du *renkon*. Un rhizome de trois tubercules (environ soixante-dix centimètres) coûte environ mille cinq cents yens. Tendre et croquant sous la dent, noblesse de goût, saveur profonde et raffinée, brise légère caressant la gencive, mastication sensuelle, le *renkon* de Shiroishi est le roi des lotus ! Impossible de se réfréner dès qu'on y goûte. Il ne m'a pas fallu plus d'une journée pour avaler les deux rhizomes commandés auprès de la coopérative agricole de Shiroishi, livrés par Pelican, l'entreprise de transport.

Le lotus est, dès l'origine, un aliment noble et supérieur. Il n'y a rien à redire sur la couleur du lotus, rien à redire sur la forme du lotus, rien à redire sur le goût du lotus. Voilà ce qui fait la force du lotus. Et pas uniquement du lotus de Shiroishi mais du lotus en général.

Ceux vendus en supermarché sont enveloppés de plastique et ne sont jamais vraiment frais. Il est préférable de s'en procurer lorsqu'ils sont encore souillés de boue (peu importe leur région de provenance) et de les préparer soi-même.

La recette des recettes est à mon avis la tempura de lotus. Je veux qu'elle soit le dernier mets que je consommerai avant de mourir. Une tempura de lotus. Aucun aliment ne surpasse la tempura de lotus !

Ce qui fait la splendeur du *renkon* est qu'on peut le bouillir, le râper, le frire. Chaque méthode révèle pareillement son *umami*. La cuisine de Kumamoto propose un *karashi-renkon*, une racine de lotus pimentée. J'en ai préparé moi-même. J'avais une envie de lotus frais tout juste sorti de l'huile brûlante. Le piment est un miso épicé. Je passe d'abord du miso blanc sur le feu pour l'épaissir et l'assécher un peu. Je le mélange ensuite à la moutarde et j'enfonce cette pâte dans les trous des racines de lotus. Je mets le tout à frire après avoir enrobé mon lotus d'une pâte composée à soixante-dix pour cent de farine de blé et à trente pour cent de *kinako* (ou mieux, de farine de soja).

Il est possible de préparer des *senbei* de racines de lotus dans la foulée d'un *karashi-renkon.* Couper la racine en lamelles fines et plonger celles-ci dans l'huile chaude jusqu'à ce qu'elles prennent la couleur croustillante du renard. Je les conserve dans une boîte ronde ayant contenu des algues *nori* car ces boîtes sont réutilisables en l'état et contiennent un absorbeur d'humidité favorisant la conservation.

Les trous de la racine dans la cuisine du lotus sont évidemment l'objet de bien des attentions. La recette du *karashi-renkon* en est un bon exemple. Un cuisinier devant ces trous n'aura qu'une seule envie, les boucher !

N'existe-t-il pas une recette consistant à introduire du fromage dans le « tunnel » minuscule du *chikuwa* ? N'enfonce-t-on pas de la chair de saumon dans le trou au cœur d'une tranche de daikon ? La pratique consistant à ménager un trou dans un aliment lorsqu'il ne s'y trouve pas naturellement est assez courante. C'est un signe d'oisiveté. Il existe des bistrots où l'on vous sert des tranches de racines de lotus dont les trous ont été bouchés avec des œufs de morue marinés dans la lie !

Moi, mes *renkon*, je les fourre avec du riz…

Renkon cuit à la vapeur.

Laissez tremper du riz gluant une nuit dans un mélange de saké et de bouillon. Bouchez ensuite les trous avec cette préparation et faites cuire le tout une heure à l'étouffée : vous avez votre *renkon* à la vapeur ! Je me demande si je ne suis pas le premier à avoir songé à cette recette. Le parfum moelleux du *renkon* s'unit à celui du riz gluant et, en bouche, la chair du lotus fond sous la dent. Cette recette, je l'ai imaginée il y a cinq ans en employant une variété endémique de lotus.

Il existe plusieurs variétés de lotus endémiques. Certaines ne sont plus cultivées, comme le lotus *tennô*, le lotus *shirobana* ou encore le lotus *benibana*. La variété que j'ai utilisée produit un lotus long, blanc, fin et fragile. Les lotus en provenance de la Chine continentale, gros et tout en rondeur, sont désormais les plus fréquents. Le lotus japonais a de petites taches brunes. J'ai dû demander au propriétaire du *Daiyû* sur le marché de Tsukiji de m'en procurer. Sa chair est d'une blancheur immaculée et d'une onctueuse viscosité. Sa saveur est fugace.

Mais aujourd'hui, il ne sera question que du lotus de Shiroishi. Goûtez-le et vous vous rendrez compte que, tout lotus du continent soit-il, sa saveur est très proche de celle du lotus endémique.

La racine peut mesurer jusqu'à deux mètres. Elle grossit et s'épaissit à mesure qu'elle s'enfonce dans la boue. Les bouddhistes croient que les trous sont des galeries conduisant au lac du paradis. On est en droit de penser que la valeur de ces lotus considérés comme formant un réseau souterrain menant au paradis ne réside pas dans la chair de la plante mais plutôt dans les trous qui la composent. Ce qui se mange dans le lotus, ce sont les trous ! Et pour manger ces trous, nous mangeons ce qui sert à les former. Cela pourrait effectivement constituer un sujet d'inquiétude car y placer du piment revient en quelque sorte à s'interdire l'accès au paradis.

En un mot, c'est le trou qui crée la saveur de la tempura de *renkon*. Et ce trou, tout trou soit-il, est la chose même: la saveur est dans le trou[1]. Serais-je subitement d'humeur à prêcher comme un bouddhiste?

Le *Honchôshokkan*, traité d'herboristerie de l'époque d'Edo, donne les conseils suivants: « Que le moine trempe son manteau dans le lac aux lotus séchés car le lotus jamais ne mourra, il est l'ami du Bouddha. » Le lotus « coupe la faim, dissout l'alcool, libère les sangs après l'enfantement. Il faut en manger fréquemment », suggère-t-il encore.

Le lotus est une plante originaire de l'Inde. Elle aurait été importée au Japon à l'époque de Nara. Des graines vieilles de deux mille ans ont été découvertes dans certaines ruines d'habitations anciennes. Les Japonais mangent du lotus depuis les temps les plus reculés.

Les Chinois en mangent énormément. Il n'est pas rare lorsqu'on voyage en Chine d'apercevoir des lotus posés sur la table d'une petite gargote de village. Dans la province du Yunnan, ils étaient allongés et beaucoup plus fins que ceux cultivés au Japon. Les Chinois les coupent en tranches fines qu'ils font revenir dans de l'huile, salées et assaisonnées avec de la sauce soja. On croirait un *kinpira* de *renkon* à la japonaise car la chair est croquante sous la dent et son assaisonnement varie

1. Jeu de mots parodiant la maxime *Shikisokuzekû*, littéralement, « la luxure est le vide », citation du *Sûtra du Cœur* signifiant la vanité de toutes choses.

légèrement selon les traiteurs. Les légères modifications de goût sont liées à la façon dont le lotus se marie à ses condiments mais surtout sont l'expression de sa puissance originaire. Et là encore, lorsque j'y repense, ces trous étaient savoureux.

J'ai mangé du lotus à Hangzhou. Il était servi dans une feuille sèche de lotus sous la forme d'un *gomoku meshi*. Une des spécialités de cette région est le poulet roulé dans une feuille de lotus scellée avec de la boue et cuite à la vapeur. Au Japon, la tradition du riz au lotus est liée à la fête des morts et aux offrandes faites aux défunts. On pose une feuille de lotus sur le riz afin qu'elle l'imprègne de son parfum. Et lorsque la cuisson est terminée, le riz est enveloppé dans une nouvelle feuille afin qu'il s'en imprègne davantage…

Mon riz au lotus consiste à découper finement une feuille de lotus et à la mélanger au riz. Il est tout à fait possible de manger la feuille de lotus parvenue à maturité, pour peu qu'on l'ait massée au sel avant de la plonger dans l'eau. La manière la plus rapide de préparer un riz au lotus est de couper en lamelles la racine cuite à l'eau, d'y ajouter de fines lanières de la feuille et de mélanger le tout avec le riz. On placera le riz obtenu sur une nouvelle feuille !

Une préparation plus élaborée propose d'ajouter au riz avant cuisson un certain pourcentage de riz gluant, du bouillon et un assaisonnement léger. Le mets était souvent servi lors du *kaiseki* accompagnant une cérémonie du thé ou bien envoyé en cadeau à des amis.

Une expérience inoubliable consiste à faire le déplacement jusqu'à Kyôto ou Kanazawa pendant la saison du lotus pour y déjeuner dans un grand restaurant. Je regrette que ces établissements aient tendance à rendre coûteux des ingrédients à l'origine bon marché. Il est dommage également que les clients s'en accommodent et que certains même s'en réjouissent… Manger du lotus, c'est sentir souffler en soi la brise fraîche d'un étang. Le bien-être que procure le lotus est une occasion rare de faire « éclore une fleur ». Je crains cependant que seul un Japonais soit en mesure d'apprécier la saveur de ce pur instant car le goût du *renkon* est spirituel et littéraire !

Le fait que ce qui recèle une saveur littéraire soit coûteux est le signe que le Japon est un authentique pays des Arts et des Lettres. Le professionnel de l'édition que je suis en est d'ailleurs ravi. Si je cuisine moi-même la racine de lotus, c'est parce que je ne goûte pas les prix élevés qu'elle atteint lorsqu'elle est servie dans un restaurant. Si vous souhaitez vous procurer quelques feuilles de lotus, il vous suffira de demander au *kappa* vivant dans l'étang le plus proche. Ce sera gratuit… mais pas simple !

La coopérative agricole de Shiroishi (qui livre dans tout le Japon) à qui j'avais commandé mes deux rhizomes de *renkon* avait bourré le carton de ces précieuses feuilles (uniquement vendues durant la fête des morts en été, sinon les feuilles sont fanées). Adresse : Coopérative de Shiroishi, Saga-ken, Kijima-gun Shiroishi-machi, Oaza Tônoe, 183-1. Tél. : 0952-84-5111.

Autrefois, on avait l'habitude d'envoyer des lotus en cadeau. C'était même le cadeau le plus courant. Une maxime dit au sujet du bourgeon de la fleur de lotus pointant vers le haut : *Saki ga ue muku* (L'avenir est plein de promesses). Une autre, au sujet de cette racine pleine de trous : *Mitooshi ga akarui* (Les perspectives sont dégagées). Le lotus est un gage de bonne fortune. Les gens sont heureux d'en recevoir en cadeau. Sa fleur fleurit tôt le matin. Elle fleurit brusquement en faisant *poc !* On peut entendre ces *poc !* en se rendant dans les temples dont l'étang abrite des lotus. *Poc ! Poc ! Poc !*

Nous avons encore le thé au lotus.

Vous versez du thé infusé à l'intérieur d'une fleur de lotus placée au fond d'un bol et le buvez mélangé avec du thé vert. Ce thé permet de jouir du parfum de la magnifique fleur de lotus.

Cinquante yens l'unité est le prix des bourgeons de lotus vendus en Thaïlande à l'entrée des temples. C'est très cher pour un pays comme la Thaïlande. Ils servent d'offrandes au Bouddha. J'ai payé mes cinquante yens et je m'en suis procuré un. Je l'ai examiné avec attention. La beauté de cette fleur est fascinante et la chair de sa racine a une saveur envoûtante. Manger du lotus, c'est comme se perdre dans le labyrinthe d'un palais fantastique.

La fleur est belle, sa racine est exquise.

La lecture du livre publié par la femme du responsable de l'école de thé Mushakôjisenke, *Les saisons culinaires de Kyôto*, explique que l'un des plats servis lors de l'*asachaji* pour accompagner le thé est constitué d'un morceau de saumon glissé entre deux fines tranches de *renkon* vinaigré. Une légende grecque évoque les Lotophages et explique que le lotus a la propriété de vous faire oublier tous vos soucis et de vous propulser dans la douceur d'un univers d'oisiveté. Voilà qui rend envieux ! C'est à se demander si les peuples faisant du lotus un élément important de leur diète ne sont pas des peuples avancés de spirites, des peuples adeptes de la magie…

Il me paraît certain que les Lotophages consomment également la racine et considèrent que les trous, cavités mystiques, sont l'œuvre d'une puissance divine.

La mystique entourant le lotus n'est pas propre à l'Asie.

L'extase que l'on éprouve devant *Les nymphéas* du peintre impressionniste Monet est sans doute liée à la présence de ces racines succulentes sous ce tapis de couleurs vives et instables. La mystique habite les trous de la racine de lotus.

J'ignore comment les Européens consomment le lotus. Et, me le demandant, la première chose qui me vient à l'esprit est cette affreuse recette de *renkon-hasami-age*. Il s'agit, comme son nom l'indique, de faire frire un filet de viande inséré entre deux tranches de *renkon*. J'ignore qui en a eu l'idée mais c'est un plat franchement vulgaire. Je soupçonne les bonnes femmes de la section cuisine de la Ligue des femmes au foyer de l'avoir popularisé dans l'après-guerre avec la démocratie. C'est un plat vraiment lourd en comparaison d'une tempura de *renkon*. Pas la moindre once d'élégance. Désagréable à la vue. Lourdingue et argutieux mais… démocratique ! Le comble est que ce n'est pas mauvais du tout.

O valeureux trous du *renkon* !

Existe-t-il d'autres légumes constitués de trous ?

Non, aucun.

Il n'en existe pas d'autres.

On aperçoit parfois quelques trous dans certains fromages mais rien de comparable.

La racine de lotus est dotée d'une morphologie absolument originale.

Elle symbolisait le sexe de la femme dans l'Inde ancienne. Une profusion de trous signalait probablement une fertilité exceptionnelle. N'ayant jamais eu l'occasion d'en discuter avec des Indiens de cette époque, je ne dispose guère d'informations sur ce sujet, mais il est certain que le trou reste le point central.

Cette fleur immaculée fleurissant dans la boue est un symbole de pureté. Le lotus est la fleur du Bouddha, valeur suprême, et le *renkon* est la racine de cette fleur de pureté immaculée. Elle se cache dans la boue pour mieux révéler l'innocence de sa fleur.

Voilà ce que je mange et veux manger encore.

Ce n'est pas l'émotion suscitée par l'évocation de l'existence boueuse du *renkon* qui pousse le consommateur à en consommer. C'est plutôt le désir de planter cette racine dans sa *propre* boue et de former le vœu d'être soi-même capable de faire éclore une telle fleur. Le *renkon* est un concentré de puissance et de beauté. C'est la raison pour laquelle il est bon.

Les *Notes de chevet* font allusion à la formule *namu myôhô renge kyô* (offrons une fleur au Bouddha) du *Sûtra du Lotus* qui se récite en égrenant un chapelet. Malheureusement le livre ne contient rien sur le *renkon.* Il est à parier que Sei Shônagon n'a jamais eu l'occasion de manger une tempura de *renkon*! Et encore moins de goûter l'éventail de recettes de la cuisine du lotus ! La fleur du lotus à l'époque où vécut Sei Shônagon était surtout admirée pour sa beauté. Je me demande ce qu'elle aurait consigné si elle avait pu goûter au *renkon*?

J'imagine facilement que cela lui aurait ajouté une touche érotique et qu'elle aurait ainsi attiré le regard de bien des hommes. Si le *renkon* symbolise le sexe de la femme dans l'Inde ancienne, en terre japonaise, cette racine symbolise le sexe de l'homme. Si ce *renkon* est un pénis, il est constitué de tant de trous qu'il est difficile de savoir lequel correspond à l'urètre ou au canal éjaculateur. Ici encore, le point central est le trou !

Le *renkon* du mois de septembre est le meilleur.

Et la meilleure cuisine de *renkon* est le *renkon-okaka* à la sauce soja. Coupez la racine en lamelles et faites-les bouillir trente secondes dans l'eau salée. Il est important de ne pas trop les cuire. Les mettre à refroidir immédiatement dans une eau glacée afin d'en préserver la fermeté. Vous les servirez saupoudrées de copeaux de bonite séchée. On peut aussi consommer les tranches de lotus légèrement bouillies en les mélangeant à de la mayonnaise et du wasabi : vous obtenez ainsi une salade de *renkon*.

Ma recette favorite est le *renkon* au canard. Faites griller à la poêle une poitrine de canard et conservez l'huile pour y faire revenir ensuite les lamelles de *renkon*. Les assaisonner avec du sel au poivre *sanshô*.

On dit que le poireau accompagne remarquablement le canard mais je pense que le *renkon* est d'une efficacité plus redoutable encore. Il vous faudra toutefois vous procurer des racines fraîchement arrachées à la boue. Le *renkon* se comporte si bien avec cette viande qu'il est probablement urgent de prévenir les canards. Je vais envoyer un télégramme au président de la fédération des canards japonais…

La graisse du canard se marie admirablement au lotus. La saveur dodelinante de sa viande imprègne la racine. Quel agréable plaisir que de la sentir croustiller sous la dent ! J'y ajoute volontiers un filet de jus de *kabosu.*

Tapisser le ciel par-dessus sa tête de tranches de *renkon* et contempler ce paysage par les trous en se demandant ce qu'est un trou pour une racine de lotus… Voilà comment je conçois le gourmet grand amateur de *renkon.*

La table d'un lapin

J'étais en peine de savoir ce qu'un lapin mangeait alors que nous en avions un à la maison. Je songeai d'abord aux carottes. Puis aux fraises et à la laitue.

Ce lapin, nous l'avions capturé dans la montagne voisine. Deux oreilles blanches se dressaient parmi les bambous nains. Nous l'avions coursé un bon moment mais nous avions fini par l'attraper. C'était encore un bébé. Un bébé lapin blanc.

Ce lapinot, nous l'installâmes dans un carton dans un coin du hall d'entrée. Il ne cessait de trembloter et refusa toute nourriture pendant deux ou trois jours.

J'allai à la bibliothèque municipale en quête d'un *Comment nourrir son lapin* mais ne dénichai aucune publication portant ce titre. Je finis par exhumer un ouvrage intitulé *Comment élever un animal*, qui consacrait deux pages à la construction d'une cabane à lapin.

« Le lapin consomme de la nourriture pour lapin *(rabbit food)* », était-il écrit. Il valait mieux éviter de lui donner à boire. Se méfier des chats. Ce dernier point, je l'appris en interrogeant un voisin. Une griffure de chat à travers le grillage d'un clapier suffit à tuer un lapin. Une piqûre d'abeilles a raison du lapin. On rapporte des cas de lapins morts après avoir été piqués par quelque moustique parvenu à s'introduire dans les clapiers. La prudence s'impose.

Je décidai de mener campagne pour chasser les chats sauvages qui pullulaient dans le voisinage et lorsque le lapin se fut habitué à son nouvel environnement, il se mit à grignoter la carotte.

Garigori korikori, faisait-il.

Comme elle était douce à entendre, cette carotte grignotée de si bon appétit ! Elle me faisait envie. J'en croquai une à mon tour mais cela ne produisait pas le même son que le lapin.

J'allai acheter des légumes au supermarché. Je voulais tester les goûts de mon lapin.

Cela donna par ordre de préférence :

1) Le chrysanthème comestible.
2) Le chou.
3) Le céleri.
4) Les pousses de bambou.
5) Les feuilles de daikon.

Et mon lapin détestait (par ordre croissant)…

1) Les épinards.
2) Les poireaux.
3) Les bananes.
4) Le chou blanc.
5) Les champignons.

Je suis l'auteur d'un livre dont les héros sont des lapins. Il s'agit d'un livre d'images paru en 1976 : *Pikky et Pokky* (éditions Fukuinkan). Vingt-quatre rééditions.

Un *long-seller*! J'avais nommé la lapine Pokky. Mes lapins allaient pique-niquer sous les cerisiers en fleurs en emportant un bentô, lequel comprenait:

1) Rouleau de feuilles de carottes.

2) Sandwich aux violettes.

3) *Natsumikan.*

4) Salade de fleurs de colza.

5) Pomme, fraises et jus de baies rouges.

6) *Onigiri.*

J'avais conçu ce bentô en me fiant uniquement à mon imagination, en rêvant au bentô que j'aurais aimé manger si j'avais été un lapin.

J'avais la responsabilité d'éprouver le bien-fondé de mes élucubrations, à présent que j'avais un authentique lapin à la maison.

Mon lapinot aimait les carottes, les fleurs de colza et les pommes. Je dois préciser concernant les pommes qu'il privilégie la pelure à la chair. Des mandarines, il mange la peau mais ne raffole guère de la pulpe.

Dans la fraise, ce sont le calice et le pédoncule plus que le fruit qu'il aime.

J'étais inquiet au sujet du sandwich aux violettes. S'il le refusait, j'allais devoir m'excuser auprès de tous les garçonnets et auprès de toutes les fillettes du Japon pour les avoir trompés pendant quatorze ans.

Soulagement. Lapinot mangea le sandwich aux violettes.

Le lapin aime les fleurs.

Lapinot a mangé toutes les fleurs du gypsophile de l'entrée et il a entièrement dévoré un cyclamen en pot, depuis la fleur jusqu'à la feuille.

Le lapin mange aussi le pain.

Le pain de mie, évidemment, mais il aime aussi les aliments durs comme le mochi. Les pâtes lyophilisées.

Comme je m'enhardissais, je lui présentai mon *onigiri*. Rien à faire, Lapinot n'y toucha point. Peut-être l'avais-je trop gavé de légumes ? Je me pris à regretter l'éducation que je lui donnais. Je laissai passer une demi-journée sans rien lui proposer, attendant le moment où il aurait vraiment faim. Je tentai ma chance une nouvelle fois en posant devant son nez un *onigiri* farci d'*okara*. Prudent, L'animal en fit le tour plusieurs fois et sembla se perdre dans une longue et profonde méditation.

« Mange ! » ordonnai-je.

La réaction fut nette : le lapin me tourna immédiatement le dos et retourna dans son carton.

« Goûte, tu vas voir comme c'est bon ! » repris-je d'un ton plus affable en lui remettant l'*onigiri* sous le nez. Lapinot boudeur alla se planquer dans le casier à chaussons.

Ce casier en rotin était destiné à abriter les chaussons réservés aux invités après qu'ils s'étaient déchaussés. Le lapin, avec les dents, l'avait vidé de son contenu pour en faire sa demeure. Les chaussons, il les avait d'ailleurs à peu près tous grignotés. C'est ce soir-là que se produisit ce que nous redoutions. Le lapin se mit à boulotter le rotin du casier dont il avait fait sa chambre à coucher. L'affaire lui prit la nuit entière.

Il ne toucha pas à l'*onigiri*.

« Toi qui manges les chaussons, pourquoi ne manges-tu pas mon *onigiri* ? Cela m'ennuierait fort que tu ne le manges pas, cet *onigiri.* » J'étais sur le point de me lancer dans un long plaidoyer.

J'avais été naïf en me montrant conciliant.

Pokky la lapine commença à manifester de l'intérêt pour tout ce qui se trouvait dans l'entrée. Le lendemain, elle avait entièrement dévoré un balai. Elle avait commencé par le bas et fini en attaquant le manche.

Toutes les plantes en pot à feuillage y passèrent.

Lapinot grignota le porte-parapluies et la toile des parapluies qui s'y trouvaient.

Mais il ne touchait pas à l'*onigiri.*

Sur ce, vint l'hiver.

J'avais installé dans l'entrée une petite table et deux chaises pour recevoir mes invités. Le lapin fit sa nouvelle couche du coussin placé sur chacune des deux chaises. Puis il se mit à les grignoter. Il les déchiquetait pour accéder à la ouate qu'il dévorait de bon appétit. Nous étions obligés de remplacer nos coussins les uns après les autres. Les huit coussins que nous possédions dans la maison y passèrent.

Nous renonçâmes bientôt à l'idée de garder un coussin sur ces chaises.

Comment peut-on avoir l'idée de manger sa propre couche ? Les ressorts de cette psychologie m'échappent. Je dois préciser pour mon lecteur qu'en comparaison d'un cerveau humain, celui du lapin est de la taille d'un ongle du pouce. Autrement dit, le lapin est bien moins intelligent que le chien ou le chat.

La lecture de *Wild Animals I Have Known (Les animaux sauvages que j'ai connus)* d'Ernest Thompson Seton nous apprend pourtant que le lapin sauvage est un animal astucieux, bien plus efficace dans la fuite que le chien, l'humain ou le renard, voire le coyote, susceptible d'atteindre la vitesse de soixante-douze kilomètres heure ! Capable de changer brusquement de direction lorsqu'il est pris en chasse, n'hésitant pas à plonger dans une rivière et à continuer à la nage pour échapper à son poursuivant. Astucieux ? Stupide ? La question est difficile à trancher.

Notre lapin passa l'hiver à la maison. Il s'habitua à la maisonnée. Il finit même par venir à nous et lécher la main qu'on lui tendait. Il réunissait ses deux petites pattes par-devant lui et faisait le beau lorsqu'il avait faim. Il procédait à ses besoins naturels, pipi et caca, dans sa caisse et s'allongeait en bâillant comme un chat blanc, couché sur le flanc sur la table de l'entrée.

Le lapin mange ses crottes.

Il mange les crottes issues d'une première digestion, qui ont un aspect verdâtre assez semblable (il est vrai) à de la nourriture pour lapin *(rabbit food)*. Mais pas la seconde fois. Bref, ne pouvant pas ne pas transformer ce qu'il avale en crottes, il en fait pour ainsi dire des aliments *portatifs*. Cela relève, à mon avis, d'une manière particulièrement évoluée d'envisager son alimentation. L'humain en est incapable.

Notre lapin commença à apprécier les chaussures en ce début d'année. Ce furent d'abord les semelles des chaussures de sport. Le goût du caoutchouc lui faisait démesurément écarquiller les yeux. Il avala deux paires de bottes en plastique. Puis ce fut le ballon de football qui se trouvait dans l'entrée dont il grignota les coutures, ce qui lui donna l'aspect d'un igname épluché.

Il grignota le skateboard.

Je ne pouvais plus rester inactif. Je pris donc quelques mesures. Je remisai dans la réserve tout ce sur quoi je le pensais susceptible de jeter son dévolu. Je fis aussi attention à toujours bien ranger mes chaussures dans le meuble à chaussures.

L'ennemi parvint pourtant à s'y introduire. Il commença par plonger en dessous et le rongea par le fond. Le voilà bientôt dans la place. La paire de Clarks achetée à Hong-Kong et mes pompes en cuir de chez Bally firent son repas.

La paire de Clarks me plongea dans une colère qui me fit lui botter le cul. Lapin tenta de fuir mais il s'écrasa le nez contre le mur. Cela me fit un bien fou.

Lapin commença bientôt à manifester de l'intérêt pour les colis et paquets que les livreurs déposaient dans l'entrée. Lapin avait mangé tout ce qui s'y trouvait en à peine dix mois et n'y subsistait à présent absolument rien sinon les dalles en pierre recouvrant le sol. Je laissais la pièce en l'état, pensant que ce serait un moyen de lui faire prendre conscience de sa responsabilité dans ce désastre. Il avait tout dévoré ! Pas un balai, plus une chaussure, pas la moindre fleur en pot ni le moindre casier en rotin, pas une chaise, plus de table. Lapin avait tout avalé.

Lapin manifesta d'abord un certain goût pour les bandes en plastique adhésif des cartons d'emballage. Il s'y attaquait dès que le facteur ou le livreur déposait le courrier (lettres ou paquets). Puis ce furent les cartons eux-mêmes et, pour finir, les pages des livres que contenaient les cartons. Lapin avait pris goût au papier.

Je pris conscience que ma curiosité pour la nourriture n'était rien en comparaison de celle que cet animal manifestait. Lapin faisait la démonstration d'un appétit formidable pour tout et n'importe quoi, pourvu que ce ne soit pas de la viande. Après le chanvre de la ficelle réunissant mon courrier, les récipients en plastique et le vinyle, il manifesta de l'intérêt pour les sacs. Il grignota mon cartable Hunting World auquel j'étais si attaché. Puis ce faillit être le tour de ma valise Louis Vuitton.

Je l'avais achetée il y a dix ans à Paris. C'était une valise rectangulaire, rigide, en forme de boîte, qui m'avait coûté à l'époque quelque trois cent mille yens. Lapin s'attela aux ferrures métalliques mais s'y cassa les dents (si j'ose dire). La qualité Louis Vuitton n'est pas un mythe ! Mais je fus obligé de la garder dans une autre pièce car, moi qui voyage beaucoup, j'avais pris la mauvaise habitude de la laisser dans l'entrée.

Lapin n'apprécia guère que je le prive de cette valise qu'il s'apprêtait à dévorer. Il parvint à s'introduire dans la réserve par la porte qui donne dans l'entrée. Cette porte fermée, vue de l'extérieur, ressemble à une porte de salon. Je vous déconseille toutefois de l'ouvrir car je crains que tout ce que la pièce contient ne se déverse sur vous.

Cette pièce est un endroit terrifiant. Nous y avons installé le fax mais nous y remisons aussi tout ce dont nous n'avons plus l'usage dans la maison. Elle abrite un invraisemblable bric-à-brac. Il faut enjamber une montagne de conserves et se frayer un chemin entre des vieux livres, de la vaisselle inutile et de vieilles fringues, en un mot traverser une jungle d'objets hétéroclites mis au rebus pour parvenir jusqu'au fax. Eh bien, Lapin était parvenu à s'introduire dans la réserve et n'en voulait plus sortir ! Rien à faire sinon attendre le jour où il en ressortirait de lui-même. Je reconnais avoir fait preuve d'un optimisme naïf en croyant qu'il suffirait d'attendre que la faim le tenaille.

La nuit, c'était un vacarme. Grignotements. Bruits d'objets déplacés. Lapin semblait se nourrir de papier. Cela faisait *paripari* avec les boîtes d'algues *nori* dont il avalait aussi l'emballage. *Korikori* ? Ce devaient être les *sômen.* Lorsque, mentalement, je faisais l'inventaire de ce que contenait la réserve, je l'imaginais s'en prendre aux nouilles instantanées, aux mochis, aux *senbei* ou encore aux provisions que j'emportais lors de mes voyages à l'étranger. Il y avait aussi des tas d'objets en rotin dont il était si friand. Il y avait du plastique. Il y avait du cuir. Il y avait de la ouate et du coton. Je réalisai soudain qu'il y avait aussi quelques futailles de saké !

Le fax cessa de fonctionner cinq jours après l'occupation de la réserve. Lapin avait sectionné le fil du téléphone. Il s'attaqua également au walkman qui se trouvait à côté. Il en dévora un bon tiers.

J'eus alors une idée. Je parsemai de persil l'*onigiri* dur comme de la pierre et je l'abandonnai à l'entrée de la réserve.

Eh bien, il le mangea, cet *onigiri* tout sec !

Lapin avait fini par le manger, mon *onigiri* !

Je déclare solennellement que le lapin japonais mange le sandwich aux violettes et l'*onigiri* !

Lapin avala l'*onigiri* pendant la nuit puis s'enfonça une nouvelle fois dans la réserve. Il semblait avoir fait son terrier de cette jungle.

Je dus me résoudre à y pénétrer à mon tour pour changer le cordon du téléphone. J'entrai et sentis au bout d'un moment qu'on me léchouillait le gros orteil. Ah, le magnifique témoignage d'affection ! Lapin léchait par jeu sans mordiller. Je restai immobile et comme Lapin persistait, je me baissai lentement, très lentement, et hop, par ici que je t'attrape ! Las, Lapin m'échappa… Quelle rapidité !

C'était un lapinot tout tranquille, plus petit qu'un chaton dans la paume de la main. On aurait cru une peluche à la tiédeur attendrissante. Deux yeux mignons, affectueux, qu'il refermait avec bonheur lorsque je lui caressais le front pour l'endormir.

Le lapin est un animal herbivore. D'où lui vient cet extraordinaire appétit pour tout ce qui n'est pas de la viande ?

Le lapin est un animal mystérieux.

L'alcool est une affaire d'humeur

Madame la première ministre du gouvernement français a tenu des propos hystériques et insultants à l'égard du Japon. « Le Japon, voilà l'ennemi ! Les Japonais n'aspirent qu'à dominer le monde », a-t-elle déblatéré. Le ministère des Affaires étrangères a protesté par l'intermédiaire de son ambassadeur en France mais ces protestations n'ont servi de rien car la seule réaction de l'intéressée a été : « Il le fallait. Ces types ne comprennent pas d'autres langages[1]. » Ce jour où les protestations japonaises étaient ainsi tournées en dérision, j'ai brisé ma bouteille de cognac et une bouteille de vin français que j'avais à la maison. J'ai jeté le fromage et le foie gras achetés au grand magasin Kinokuniya. J'ai vidé le contenu d'un flacon de calvados dans l'évier de la cuisine.

L'alcool est affaire de sentiment.

Un sacré gaspillage... Quand je pense qu'on se fiche de nous alors que nous buvons le beaujolais nouveau avec

1. L'auteur fait allusion aux propos méprisants à l'égard des Japonais tenus par Edith Cresson, éphémère première ministre d'un gouvernement sous la présidence de François Mitterand, entre 1991 et 1992, lors d'un entretien accordé en France à la presse japonaise.

tant de délectation ! Nous, les Japonais, qui vouons à la France une admiration sans bornes – que dis-je, qui lui vouons un culte – eh bien, cette France-là nous tournait en ridicule.

L'alcool en soi n'est pas triste. Seul est triste l'*acte* de boire de l'alcool, explique Misora Hibari dans sa chanson *Kanashii sake* (Saké triste). Elle parle évidemment de saké japonais dans cette chanson. Cet alcool contient un bon concentré d'émotion.

J'avais acheté le flacon de calvados à Paris deux ans plus tôt dans un magasin détaxé. Le calva est un alcool de pomme. J'en buvais pour fêter le 14 juillet de mon côté. Cela me fendait le cœur et j'en ai avalé malgré tout une dernière rasade avant de vider le restant de la bouteille dans l'évier. Eh bien, croyez-moi, cet alcool avait la triste saveur de l'avarice, un trait de caractère me définissant assez bien…

Le vin est une boisson mélancolique. Je préfère les vins du vignoble allemand de Moselle ou les vins californiens aux vins de Bordeaux et consorts. La bouteille que j'avais brisée m'avait été offerte. Je me sentais penaud en songeant à la personne qui m'avait fait ce cadeau.

Le bourbon donne de l'entrain. Vous êtes immédiatement dans la peau d'un cow-boy de western. Kirk Douglas s'enfilant un godet d'un trait. Cette boisson d'homme doit se boire de manière un peu brusque. *Règlements de comptes à OK Corral.*

Le whisky affûte l'esprit et favorise la concentration. Il donnerait presque envie de dire des choses intelligentes. Style gentleman anglais. Dandy.

Le gin rend cafardeux. Aussi cafardeux que l'haleine putride s'échappant de la gueule de ces bandes d'alcoolos d'Europe du Nord. Il fait très froid là-haut. On y consomme des boissons fortes.

La vodka rend raisonneur. C'est un alcool soviétique qui encourage la dispute y compris en étant saoul. Méfiez-vous des poètes révolutionnaires portant béret, buvant de la vodka et avalant des yakitoris.

Le *huangjiu* (alcool chinois non distillé à base de céréales) est un vin joyeux.

Le rhum donne envie de partir en voyage.

La tequila fait danser.

Le *shôchû* rend fou.

Le cherry est une liqueur qui ouvre l'appétit.

Le brandy rend pensif.

Je n'avance là que des impressions personnelles car la tequila peut rendre fou ou le *shôchû* joyeux. En résumé, l'alcool est une affaire d'humeur. Certaines d'ailleurs circulent dans les alcools et nous les buvons. Nous buvons des humeurs. Cette première ministre doit être folle de rage à l'idée que de « petits jaunes » ou des « fourmis » (je répète ses propos) consomment les alcools de son pays !

Qu'en est-il de la bière ?

La bière est une boisson très plaisante.

Je n'ai jamais vu quelqu'un qu'une bière (ou deux) aura rendu triste ou violent ou pleurant à chaudes larmes. Sans doute est-ce la raison pour laquelle cette boisson paraît avoir peu de caractère.

En revanche, la bière renferme la « lumière » de son pays d'origine. Le goût d'une bière varie sensiblement selon le taux d'humidité, la force du vent ou la qualité de l'eau du terroir. Une bière allemande est délicieuse en Allemagne. La Miller est excellente aux Etats-Unis, la Labatt au Canada ! La bière de Shanghai en Chine ! La Kroster en Thaïlande ! Une bière d'importation n'est pas bonne lorsqu'elle est consommée au Japon.

Tsuruta Kôji, un compatriote, était très doué en matière de bière. Il fallait le voir la mine langoureuse dans un costume fripé, assis au comptoir en train d'ingurgiter une bière déjà tiède, ça dépassait Kirk Douglas !

La bière est amère. Si amère soit-elle, ce n'est pas un alcool aigre. Plus on en boit, plus la bière rend joyeux. Les Allemands forment un cercle et se mettent à chanter. La bière a pour ainsi dire le goût de George Tokoro dès qu'il renonce à son air de chien battu. Les bières japonaises sont autrement meilleures consommées au Japon.

Comment les adultes pouvaient-ils tant apprécier la bière ? Cela resta longtemps pour moi un mystère lorsque enfant j'y ai goûté... pour faire comme les grands. Cette fois-là, je me souviens d'avoir tout recraché. Cela avait un goût de médicament. Ma première gorgée de bière m'avait dégoûté. Que pouvait bien être cette potion ? Comment les adultes pouvaient-ils boire ça ? Par la suite, je me suis mis bien sûr à aimer la bière et ce, sans vraiment me souvenir quand ni comment. Il ne se passe désormais plus un jour de l'année sans bière. La bière est une boisson *de base* comme on dit du riz qu'il est un aliment *de base*. Impossible sans bière de survivre aux étés torrides. Une bière avant toute chose ! J'avais même pris l'habitude quand j'étais salaryman d'en boire pendant la journée. Les après-midi d'été, mon haleine (et mon pourtour de lèvres) fleurait la bière.

La bière enivre particulièrement quand elle est bue dans la journée. La peau du visage rosit. Les yeux sont plus ou moins injectés de sang, si bien que j'avais pris l'habitude d'avoir en permanence du collyre sur moi.

Je ne me souviens que très vaguement de ce moment marquant la limite entre avant et après, je veux dire le souvenir de cet instant où j'ai trouvé bonne la bière. C'est pourtant une question importante lorsqu'on s'interroge sur la manière dont se forgent les préférences chez un être humain. Les goûts dont on ne sait bientôt plus se passer sont en général ceux pour lesquels on a d'abord une réaction de recul. Mais qu'est-ce que c'est que ça ? s'inquiète-t-on d'abord.

Certains affirment que les préférences et les goûts se décident pendant l'enfance. Je ne pense pas que ce soit le cas avec la bière. Il y a quelque temps, j'ai croisé un garçonnet de six ans aimant la bière. « Mon fils aime la bière », disait la maman qui lui en donnait à boire et trouvait cela amusant. Ne préfèrerait-il pas, à choisir, boire de la limonade ? ai-je pensé, inquiet.

Le fait de trouver *bon* un jour ce que l'on avait trouvé *mauvais* jusqu'alors ne concerne pas uniquement la bière. Il en va de même avec les légumes crus ou la chair du poisson cru. Il peut arriver à l'inverse de trouver subitement très mauvais quelque chose. Par exemple, les vins français après avoir été traité d'imbécile !

Les goûts et les préférences se modifient avec les sentiments. Le fait que la bière devienne agréable est une réaction volontaire contre son propre organisme qui la jugeait plutôt mauvaise. Un apprentissage permet de surmonter ses propres résistances. C'est d'ailleurs une caractéristique distinguant l'humain de l'animal. L'être humain est un animal capable de s'améliorer *artificiellement* par un simple acte de la volonté.

L'été reste la meilleure saison pour la bière. Elle donne chaud lorsqu'elle est bue pendant la journée. Elle échauffe le corps davantage, elle fait transpirer et, si l'envie d'en boire persiste malgré tout, c'est à cause du plaisir éprouvé lorsque le liquide gazeux et pétillant coule dans le gosier. Boire une bière est un acte charnel.

L'été, la bière *light* est excellente dans la journée. Il existe des bières sans alcool mais je ne les recommande pas car ce plaisir gazeux et pétillant en gorge exige que le breuvage ait une certaine teneur en alcool. Il existe des bières sans alcool mais elles ne font pas leur effet. A éviter. Ce serait toutefois une bonne idée de développer une bière *super light*!

Moi, la *super light*, je me la crée moi-même en buvant la *light on the rocks*! La bière, lorsqu'on l'éclaircit avec des glaçons, prend un goût fugace de lune au petit matin. La bière Sapporo qui est légèrement plus alcoolisée que les autres se prête à être consommée avec des glaçons. Il fut un temps où je ne buvais que cette marque.

Mais on finit par se lasser, d'autant que de nouvelles boissons apparaissent en permanence. Je ne peux m'empêcher d'avoir envie de les essayer toutes. Pour varier! Mais aussi parce qu'on se lasse également de l'étiquette et du design de nos canettes préférées. Certains attachent beaucoup d'importance à l'étiquette qui, curieusement, semble donner une indication de goût. On pourrait croire que n'est pas en contemplant un logo que l'on se fera une idée du goût d'une boisson, comme s'il suffisait d'apercevoir la mention « Made in France » pour penser immédiatement à cette première ministre insultant le peuple japonais. Eh bien si ! Il semble que l'on boive aussi l'étiquette…

Je recommande le vin coupé à l'eau gazeuse – c'est très bon – et je le recommande surtout aux personnes qui tiennent mal l'alcool. Le vin rouge californien coupé avec du soda s'accorde particulièrement avec les fêtes se prolongeant tard dans la nuit. La gueule de bois attend celui qui boit jusqu'au matin. Le décrochage s'effectue généralement après le septième whisky-soda. Vous êtes incapable d'apprécier le goût de ce que vous avalez au-delà. Je conseille donc le vin rouge coupé à l'eau gazeuse passée cette étape. La couleur de la boisson subsiste, la teneur en alcool est plus faible, le liquide stimule encore gorge et palais. C'est le pouvoir magique de l'eau pétillante.

Le *chûhai* est une boisson qui prouve l'efficacité de l'eau gazeuse. Si vous observez les jeunes femmes d'aujourd'hui, vous constaterez qu'elles commencent par une bière pression et qu'elles enchaînent la plupart du temps avec un *chûhai* coupé au soda. Le *chûhai* est bon marché. L'eau gazeuse excite le palais. Son goût est franc.

Le *shôchû* coupé à la limonade fut jadis à la mode. Une boisson agréablement sucrée mais c'est aussi la gueule de bois assurée en cas d'abus. Gin coupé à la limonade, vodka coupée à la limonade, tequila coupée à la limonade, tout se buvait coupé à la limonade. Le résultat était une tête prête à exploser le lendemain matin au réveil.

Le citron s'accorde parfaitement au *chûhai* mais le *kabosu* et le *sudachi* élèvent cette boisson à un rang supérieur. J'en préparais jadis avec un jus de *natsumikan* mais ces agrumes sont devenus trop sucrés. Je me sers à présent de jus de pamplemousse dont je presse une moitié au presse-citron pour en extraire le jus.

Je me demande qui a bien pu avoir l'idée de placer une prune salée dans le *shôchû* coupé à l'eau chaude. D'autres compositions sont possibles dont la plus fameuse reste le *shôchû* au concombre *kyûri*. J'appelle ça un *kyûhai*!

Il y a deux façons de préparer un *kyûhai*.

1) Découpez en rondelles un demi-concombre. Placez-les dans un verre. Touillez au moyen d'une baguette la glace mélangée à un peu de *shôchû*. Eclaircissez le tout avec de l'eau. J'appelle ce cocktail le *Strong Kyûri*. Il a l'inconvénient d'avoir un aspect trouble.

2) Pressez le jus d'un demi-citron et remplissez de *shôchû* les deux cinquièmes d'un verre. Versez du soda préalablement glacé et ajoutez trois fines rondelles de concombre (deux millimètres d'épaisseur) pour qu'elles flottent en surface.

En résumé, il s'agit de faire flotter trois rondelles de concombre à la surface d'un *chûhai*. Le concombre exhale une odeur discrète et la fraîcheur du liquide réjouit le gosier. Le breuvage fait preuve d'une transparence telle que vous avez l'impression d'assister à la dissolution dans l'alcool d'une belle femme peinte par Yumeji. C'est un alcool pour l'été. La première gorgée vous ranime immédiatement.

Le plus important, lorsque vous versez le soda, est de le mélanger en n'accomplissant qu'un unique et simple demi-tour. Un tour complet et le gaz, se prenant soudain pour un petit oiseau, s'envole!

Ce conseil vaut également pour la préparation d'un *highball*. Un demi-tour uniquement après avoir versé le soda.

Préparation d'un whisky *on the rocks*.

Placez d'abord la glace dans le verre et versez le whisky dessus. Jusque-là cela paraît évident. Mais à ma façon, dans le style Arashiyama, je ne mélange pas ! Car si on mélange un whisky avec l'eau dont on le coupe, son goût a tendance à s'uniformiser. Je préfère le whisky serré *et* coupé à l'eau. J'opte donc pour un verre large et bas que j'aurai préalablement glacé. J'y verse de l'eau de roche pour un tiers de volume et y place un gros glaçon bien retentissant. J'attends trente secondes, le temps que le mouvement de l'eau dans le verre cesse et que l'ensemble devienne clair et cristallin. Vous avez récréé à l'intérieur de votre verre un petit paysage digne du lac Mashû. Je verse ensuite très précautionneusement ce scotch Macallan que j'apprécie tant. Le Macallan fond sur le glaçon et va colorer l'eau en roulant sur les flancs du glacier. La difficulté est de réussir à réaliser un dégradé allant de la couleur ambre foncé en surface du Macallan jusqu'à la transparence de l'eau de roche dans la profondeur du verre. Ne surtout pas mélanger ! Vous me demandez pourquoi ? Mais pour la simple raison que c'est le dégradé qu'il faut boire ! Le crépuscule à l'intérieur du verre.

Approchez le verre de votre visage avant de boire, contemplez le verre en coupe et sentez monter la joie en vous. Joie du retour au pays natal, assis sur le bord de l'*engawa* de la maison familiale, contemplant étourdi le soleil se couchant sur les montagnes. L'extase est dans le verre. Vous soupirez d'aise. Vous ne tremperez vos lèvres qu'après avoir tenté d'aspirer ce soupir maintenant parfumé flottant au-dessus du verre.

La première gorgée est raide. Elle saisit à la gorge. Ce petit lac ravive comme un souvenir de brûlure, vous émettriez presque un son. La seconde gorgée se prend après avoir tenu son verre un instant en main, sans rien agiter. La concentration en alcool est déjà moindre. Vous buvez. La dernière gorgée a un goût proche de celui de la glace. On appréciera donc cet arrière-goût d'eau en se préparant un second verre.

Cette façon de boire est un privilège réservé au whisky. Impossible de pratiquer ainsi avec le vin ou la bière. Vous êtes tenté d'essayer malgré tout, une hôtesse de bar qui n'a rien d'autre à faire se chargera de touiller votre mixture avec son agitateur à cocktail.

La méthode inverse est également envisageable. Versez en premier le whisky et introduisez ensuite le glaçon. Laissez enfin couler l'eau de roche sur les flancs du glacier ! Ici la couche la plus foncée du dégradé se trouve au fond du verre et s'éclaircit à mesure que l'on se rapproche de la surface. Le choc est pour la fin, comme pour le *finale* d'un morceau de musique classique. La gamme, *do ré mi fa sol la si do*, est dans le verre et ce n'est pourtant qu'un verre.

Le whisky avait autrefois la réputation d'être la boisson du dandy mais il a perdu en popularité à cause de la bière et du *shôchû*. Sans doute aussi en partie à cause de cette mode de couper les alcools à l'eau. La consommation de whisky s'est d'ailleurs répandue lorsqu'on a commencé à le boire avec de l'eau, pour devenir bientôt la norme. Je continue malgré tout à me précipiter pour acheter tous les nouveaux whiskies voyant le jour.

L'histoire suivante, je l'ai entendue il y a vingt ans. Il paraît que tout nouveau whisky mis sur le marché est excellent *juste après* sa mise en vente. Il contient en effet plus de malt. C'est volontaire. C'est destiné à séduire. Il s'agit d'obtenir de bonnes appréciations de la part des critiques. Je ne sais pas jusqu'à quel point cette histoire est vraie mais elle est assez crédible. C'est en tout cas la raison pour laquelle j'ai pris l'habitude de me procurer sans délai une caisse de chaque nouveau whisky arrivant sur le marché !

En été, l'attirance pour la bière est forte mais je résiste. A présent, une fois de retour à la maison, je commence par me servir un *highball*. Vous obtenez une teneur en alcool plus faible encore que la bière en n'y mettant que peu de whisky. Je viens de me procurer pour huit cent cinquante yens un flacon d'un nouveau whisky nommé Smokey & Co. Je l'ai testé en *highball*. Ce n'est pas désagréable. Il existe cinq sortes de Smokey. Le Fine Mint est celui qui me plaît le plus. Il est à la menthe et se marie bien au soda pour cette raison.

Mon *shôchû* préféré reste l'Isami de Kagoshima. C'est vraiment quelque chose avec un bon soda. L'ivresse qu'il procure accroît la courbure naturelle de la colonne vertébrale.

J'ai testé hier soir un nouveau *chûhai*. Un *chûhai* à la pastèque. C'est un *kyûhai* où le concombre est remplacé par des copeaux de l'écorce interne de la pastèque mis à flotter dessus. Voilà, c'est prêt. J'essayerai la prochaine fois en y rajoutant un petit jus de pastèque.

Manger froid

Une expression populaire dit *Manger froid.* Elle exprime la situation d'un individu obligé d'occuper une fonction en dessous de ses qualifications. Elle signifie donc être professionnellement sous-employé, bref, *traité froidement.* On parle aussi de *clan des refroidis* pour désigner de tels individus. La personne à l'origine de cette expression est probablement la victime du préjugé qu'un riz froid est déplaisant et forcément mauvais. Elle se trompe du tout au tout car manger froid est excellent.

Les recettes de riz froid commencent à circuler avec l'arrivée de l'été. Avant toute chose, sachez qu'il est important de conserver au réfrigérateur un broc de thé vert glacé. Placez un reste de riz dans une passoire et versez dessus de l'eau courante (du robinet) pour en chasser la tiédeur. Egouttez le riz consciencieusement. Personnellement, je plonge ce riz dix-huit secondes dans une eau glacée afin de rafraîchir à nouveau les grains après mon opération de réhumidification sous l'eau courante. Garnissez un bol. Je pose par-dessus une prune salée, des copeaux de bonite séchée, du wasabi et des algues *nori*… Et je le mange ! Vous obtiendrez également un *ochazuke* transi en l'arrosant de thé vert glacé ! La prune salée est d'une importance capitale même si les avis divergent sur la nature de cette prune. Certains recommandent la prune charnue de Shirokaga, d'autres la prune verte d'Odawara ou encore de Bungo ou de Yoshino, ces dernières peuvent atteindre la somme astronomique de vingt mille yens les cinq (aux grands magasins Odakyû). Vous prendrez celle qui vous convient mais je vous conseille de la choisir grosse et bien charnue. Vous obtiendrez un *umeboshi okaka* en saupoudrant la prune de copeaux de bonite séchée. Cela s'harmonise bien frais à un excellent *ochazuke* froid. Rien à redire à la purée de prunes en conserve *(umegonomi)*. Parsemez la préparation de feuilles de shiso hachées, de sel de *konbu* ou de miettes de saumon grillé refroidi. Ce sera également parfait !

Le riz froid se révèle aussi bon que le riz venant d'être cuit. Il est délicieusement sucré et glisse en bouche en murmurant. La fraîcheur que libère chaque grain de riz est un plaisir. L'*ochazuke* froid, c'est un vent frais que l'on avale ! Manger froid ne devrait en aucun cas être une expression péjorative mais, au contraire, la source d'une suprême illumination, à la condition que le repas froid soit fait à ma façon. Motoyama Tekishu[1] affirme que « l'illumination éclaire les esprits dépendants et les conduit à l'émancipation ». Le préjugé contre le manger froid ne contribue en rien à l'édification individuelle.

1. Motoyama Tekishu (1881-1958) : écrivain, journaliste épistolier, cuisinier et auteur de plusieurs ouvrages sur la cuisine dont un *Nihonshokuyôdô(La Culture alimentaire japonaise)*.

Intéressons-nous à la question du filet de saumon grillé froid. Imaginez un filet de saumon auquel personne n'aurait touché sur la table du repas. « On va pas m'laisser ça ! » semble-t-on lire dans le regard du Service Secret de l'Intelligence Familiale (SSIF). D'autant qu'un chat pourrait s'en emparer. Sans compter le risque de l'oublier sur la table et qu'il se mette à pourrir. Que faire ? L'envelopper dans un film plastique et le remiser au frigidaire. La souffrance occasionnée par la vision de ce filet de saumon intouché trouvera son réconfort lorsqu'il réapparaîtra trônant sur un *ochazuke* froid pour fêter cet heureux mariage. On ne négligera naturellement pas la peau du saumon.

La question du manger chaud ou du manger froid constitue un dilemme culinaire important mais il est clair, par exemple, que les tempuras ou les *korokke* froides ne sont pas bonnes.

« Mangez tant que c'est chaud ! »

Cette phrase témoigne assurément d'une bienveillance de cuisinier. Pourtant l'astuce en été consiste à trouver le moyen de manger froid des aliments ordinairement destinés à être consommés chauds. Les nouilles froides en sont un splendide exemple. Hélas, celles que l'on commande dans un restaurant de ramen ne sont jamais vraiment froides. Elles sont même la plupart du temps réellement tièdes. Bref, les nouilles froides proposées en restaurant sont à strictement parler des nouilles « pas chaudes ». Aucun effort n'est fait pour les refroidir. Le bouillon dans lequel elles baignent est également problématique car il est souvent trop sucré. La raison en est, dit-on, que les jeunes femmes et les enfants en sont les principaux consommateurs. Je conseillerai à ceux qui osent encore avancer une pareille chose de réviser leur jugement sur les jeunes femmes et les enfants d'aujourd'hui. Il n'en reste pas moins vrai que les bouillons ou les sauces accompagnant les nouilles froides ont tendance à être excessivement sucrés, à l'instar des quartiers de mandarine ou autres cerises en conserve dont on les garnit souvent. La seule solution pour manger des nouilles froides dans un bouillon « non sucré » est donc de préparer ce dernier soi-même.

Vous désirez un bouillon de poule ? On emploiera avec profit ceux vendus dans le commerce car un fond de volaille est une chose assez fastidieuse à réaliser soi-même. Diluez ce fond avec de l'eau chaude et ajoutez-y un peu de vinaigre, un peu de sauce soja, un soupçon d'huile de sésame et un dashi liquide à base de copeaux de bonite séchée. Ce dashi est une invention magnifique et réellement pratique. Je ne perds jamais l'occasion d'en ajouter quelques gouttes à mes assaisonnements de salades. Méfiez-vous de la formule en granules car son emploi fait courir un risque de formation de grumeaux. Le goût d'une soupe variant en fonction des préférences de chacun, vous plongerez donc régulièrement un doigt dedans pour vérifier si elle est *d'abord* à votre goût. Le sachet de soupe accompagnant les nouilles lyophilisées est utilisable en l'état. Les nouilles froides précuites vendues dans le commerce sont très pratiques mais la sauce les accompagnant étant ordinairement assez sucrée, on y rajoutera un peu de *ponzu* et du dashi de bonite séchée pour en rectifier le goût. C'est le point le plus important. Moi qui aime manger épicé, j'y ajoute aussi du *doubanjiang* et de la moutarde.

La manière de préparer ces nouilles est exactement la même que pour les *udon*. La seule différence est l'emploi de l'œuf cru à la place de l'eau. Malaxez vigoureusement l'œuf avec un peu de sel et de la farine. On y ajoute généralement du *kansui* mais on s'en abstiendra ici car c'est compliqué. Attendez-vous à la formation de grumeaux jaunâtres et résilients. Il conviendra donc, dans un second temps, d'aplatir manuellement avec vigueur – *pan pan!* – cette boule de pâte semblable à un dos rond de chat endormi sur la planche à découper. Vous l'avez probablement vu faire dans les restaurants de ramen. La technique réclame de la pratique. On utilisera donc, en attendant de l'avoir acquise, un rouleau à pâtisserie afin d'étirer la préparation et de la découper. Jusque-là, le procédé est exactement le même que pour les *udon*. C'est à présent que les choses deviennent sérieuses car il vous faut étirer les nouilles à deux mains, très lentement, afin qu'elles s'affinent progressivement tout en conservant une bonne élasticité.

Il est important de les rincer abondamment une fois sorties de l'eau bouillante et de les plonger dans une eau glacée pour bien les refroidir. Je recommande l'*akagai* en accompagnement. Vous ne saurez plus vous en passer si vous goûtez une fois des nouilles froides garnies d'un manteau d'*akagai* et de fines lamelles de concombre. On remplacera avec succès l'*akagai* par le *torigai* ou l'ormeau ou l'*asari*. La feuille de shiso et les pousses de *kaiware-daikon* s'associent favorablement à ces combinaisons.

Alors ? Qu'en dites-vous ? Les nouilles froides ne sont-elles pas un mets à savourer par excellence en été ?

Continuons avec « l'empereur de la nouille trempée ».

J'ai choisi cette appellation pour rivaliser avec « le roi de la nouille trempée ». La garniture de ces nouilles comprend de fines tranches de viande de bœuf à peine saisies, de l'anguille grillée, des œufs de saumon, un *mâbô* d'aubergines, des œufs de morue pimentés, du foie de lotte, du caviar. C'est un peu également « l'empereur du cholestérol » ! Nous avons encore « le pape de la nouille trempée » et son accompagnement comprenant *myoga*, graines de sésame, prune salée lamellisée, feuilles de shiso vert, *nattô*, gingembre et copeaux de bonite séchée. Nous aurons tout aussi bien, et selon les goûts, les « nouilles trempées du douanier » uniquement accompagnées de graines de sésame blanc. Ces différentes recettes de nouilles doivent être consommées très fraîches et trempées dans un bouillon glacé légèrement relevé. Vous êtes en présence d'un mets d'autant plus exceptionnel que vous saurez conserver leur fermeté aux nouilles. On fera un bouillon très concentré sur lequel les glaçons surnageront afin d'obtenir une préparation parfaitement rafraîchissante. Voilà comment l'amateur que je suis transforme un plat ordinaire en mets de choix, capable de soulager des chaleurs torrides de l'été.

Pour quelle raison n'envisage-t-on jamais des ramen froides qui seraient autre chose que de simples ramen chaudes refroidies ? Pour réaliser un plat de ramen froides :

1) se faire livrer des ramen chaudes à domicile ;

2) les placer au congélateur dans leur bol ;

3) les mettre ensuite à décongeler.

Le problème en procédant ainsi est que les nouilles ont tendance à trop mollir. Cela me confirme dans mon idée qu'il n'y a pas d'autre solution que de réaliser soi-même cette recette. On mettra donc la soupe à refroidir à part, puis on y ajoutera les nouilles cuites rincées à l'eau froide et la garniture de son choix. Elles seront ainsi meilleures que les ramen froides et sucrées servies en restaurant. Il serait souhaitable que le bol de ramen froides figure sur la carte des restaurants, à l'instar du consommé froid. Un bouillon sachant mettre en valeur son dashi sera en mesure de produire une impression de fraîcheur semblable aux trombes d'eau tombant des chutes du Niagara !

Nous avons encore le *shabu-shabu* froid (à ma façon).

Il nous faut pour cela deux marmites. L'une pour y faire cuire viandes et légumes du *shabu-shabu*, l'autre que l'on remplira d'une grande quantité de glaçons. Vous faites d'abord cuire viandes et légumes dans la marmite, que vous faites ensuite refroidir sur le lit de glace. Vous les trempez ensuite dans votre sauce. Vous les avalez.

Il fait tellement chaud en cette foutue saison que, moi, j'ai envie de tout refroidir. Nous aurons donc encore les *udon* froides, les *oden* froids, le curry froid, le riz à la cantonaise froid, la bouillie de riz froide, le *sukiyaki* froid, le toast froid, l'œuf au plat froid, le *shichû* froid, le mochi froid, le steak haché froid, la viande grillée froide, le *katsudon* froid, les spaghettis froids, la patate douce grillée froide, le ragoût froid, la pizza froide, les légumes sautés froids, la tortue *suppon* froide, les raviolis frits froids, les yakitoris froids, les tranches de tomate froides froides. Que dis-je ? Les tranches de tomate froides sont déjà froides ! Je crois d'ailleurs préférable de les servir pas trop fraîches, voire à température ambiante, tièdes, car la tomate tiède a bon cœur.

L'inconvénient du réfrigérateur (je me dois de le signaler) est de donner envie de tout refroidir (c'est son usage, me direz-vous). C'est d'ailleurs pour cette raison que les jeunes ignorent le goût de la tomate tiède comme ils ignorent la saveur de la pastèque gorgée de la chaleur du soleil. Une expérience que les gens de ma génération ont tous faite car nous avons tous chapardé une pastèque dans un champ une fois dans notre vie. Elle a ce goût du soleil couchant, du soleil insensiblement chaud. C'est l'invention du réfrigérateur qui nous a conduits à manger froid tomates et pastèques.

Yeah ! Eurêka culinaire : je vais tout refroidir et découvrir ainsi de nouveaux plats. Refroidir toutes ces recettes qui se consomment habituellement chaudes. Nous aurons ainsi le pot-au-feu froid, la bouillabaisse froide, le bortsch froid, la soupe d'ailerons de requin froide. Les nouilles froides et l'*ochazuke* en sont déjà une bonne illustration. Le café froid, le potage froid, les *tanuki soba* froides également.

Si l'homme préfère habituellement manger froid en été et chaud en hiver, les progrès civilisationnels accomplis par l'humanité ont tendance à complexifier ce schéma. Boire une bonne bière fraîche en hiver dans une pièce surchauffée, déguster un curry brûlant dans une pièce climatisée en été sont des renversements que j'apprécie tout particulièrement. Il y a un engouement concernant le curry (du moins chez moi) qui est de le consommer dehors au cœur de l'été en transpirant abondamment. Je trouve abusif de lier les plats aux saisons. Je prépare trois sortes de plats surgelés en fin d'année : un bortsch, un curry de mouton et une soupe *yukgaejang*. Tous ces plats, je les prépare en grande quantité en me servant d'une belle marmite. Je les congèle en les conditionnant dans des boîtes en plastique. Il faut une semaine environ de congélation pour que leur *umami* se développe. La saveur des plats en sauce gagne en ampleur après avoir été congelés. J'ignore la raison du phénomène mais le froid paraît avoir cet effet sorcier. Certains disent que les surgelés sont mauvais. Mais on pourrait leur rétorquer que congeler un plat cuisiné est une forme de sophistication réclamant deux fois plus de travail ! Même chose en ce qui concerne les pâtes instantanées, les conserves et tous les produits lyophilisés. Nous vivons une époque privilégiant le *goût de la saison.* Il est évident qu'un produit de saison est meilleur. L'histoire culinaire peut se parcourir en relation avec nos capacités techniques à reproduire ce *goût de la saison.* Refroidir est sans doute la technique la plus primitive de conservation des aliments mais elle n'a pas que cet avantage, elle est également le moyen de découvrir de nouvelles saveurs.

Ah, comme j'aimerais que l'on puisse créer de la glace chaude ! Les *kakigôri* saveur fraise que l'on déguste en été sont évidemment excellents mais j'aimerais pouvoir les déguster chauds en hiver. Chauds à cœur en soufflant dessus pour les refroidir !

J'aimerais aussi un congélateur instantané à usage familial. Non pas un congélateur comme il en existe actuellement mais un congélateur à la manière d'une gazinière où vous pouvez régler à volonté l'intensité des flammes. Ce seraient des « flammes de congélation » capables de congeler instantanément le contenu d'une casserole. Il serait ainsi possible d'obtenir par exemple une soupe chaude mais congelée en surface sur une profondeur d'un millimètre.

La machine à glacer les chopes à bière pression fabriquerait désormais des chopes en glace. Cet engin de petite taille remplacerait le travail de l'artisan taillant manuellement d'énormes pains de glace pour les mettre à la dimension de nos boissons. Il serait possible de fabriquer une machine à fabriquer des assiettes en glace selon la même technique. Manger des nouilles froides sur une table de glace, le cul sur une chaise de glace et dans un récipient de glace. Ah, douce rêverie ! Mais j'y pense, quelle est la saison de la glace ? J'aurais intuitivement tendance à dire, l'hiver, mais personne n'achète de glace en hiver ! Les marchands de glaces ne font réellement leurs affaires que l'été. L'été serait-il la saison de la glace ?

J'aimerais passer l'été dans une maison de glace. Dormir sur un canapé de glace sous une moustiquaire de givre, lire des livres en glace, je voudrais une existence de glace en attendant l'arrivée de l'automne dans une demeure provisoire puisque appelée à disparaître. On en ferait le cadre de vie d'une famille givrée. Le titre du roman : *La vie au grand frais*. Hélas, la trame de ce roman à peine imaginée, la voilà déjà fondue, peine perdue d'un été… J'avais imaginé que nous étions au cœur de l'été. Je suis maintenant sur une bicyclette de glace, en route pour rendre visite à un ami. Au retour, je m'aperçois que le cadre de la bicyclette a fondu. Il ne me reste plus que les deux roues. Je retourne chez moi à pied, les roues autour du cou. Il y avait aussi un canot en glace qui fondait à mesure que nous descendions la rivière. Il nous fallut bientôt nous résoudre à regagner la rive à la nage.

Les aliments ont un goût différent lorsqu'ils sont froids, plus particulièrement les fruits. Il est courant de rafraîchir certains fruits, comme la pastèque, le melon *makuwa*, le melon ou le raisin. Je conseille toutefois de les manger sans les refroidir et, à l'inverse, de placer au frigo des fruits que l'on n'a pas l'habitude de manger froids, comme les oranges, les *natsumikan*, les pêches. Il sera ainsi possible de comparer le goût des fruits lorsqu'ils ont été rafraîchis ou non, et vous constaterez la différence.

J'ai deux réfrigérateurs chez moi. L'un est réservé à la cuisine, le second, je l'ai récupéré dans le dépotoir d'une HLM voisine et je le laisse dehors sous la véranda. Je le consacre aux pastèques et aux bouteilles de bière. Je glisse également quelques paquets de cigarettes dans les espaces libres car le tabac frais a un goût plus frais. J'y place aussi à rafraîchir mes mouchoirs en papier, mes mouchoirs en tissu et mon stylo-plume. Le stylo-plume froid produit une écriture sobre et réfléchie. Une paire de lunettes froides donne une vue perçante. Des chaussures glacées sont un excellent moyen de prévenir les dermatomycoses. Un portefeuille frais vous évite certaines dépenses inutiles. J'ai bien envie de refroidir mon téléviseur et mon téléphone…

Un autre aliment accompagne agréablement l'*ochazuke*, c'est le congre grillé ! Placez un congre de Kôbe grillé et découpé en fines lanières sur le riz avec un peu de wasabi et de sauce soja. Arrosez le tout de thé vert glacé. Voici un plat délicat. Le goût discret mais persistant du congre s'allie à la perfection au wasabi et au thé vert : il glisse en gorge comme l'eau des cascades des peintures chinoises de la dynastie Qing.

La soupe au miso froide est excellente. Je sais que le sens commun plébiscite la soupe au miso chaude, celle qui vient d'être préparée. Eh bien moi, je balance de la glace sur le sens commun ! La recette est simplissime mais il faut prévoir une bonne quantité de glace. Une quantité semblable à celle dont vous auriez besoin pour une infusion de thé glacée. Vous remplissez une tasse de glace puis vous versez le thé chaud par-dessus et vous obtenez un thé glacé. Eh bien, vous procéderez de la même façon en versant de la soupe au miso chaude sur un empilement de glaçons. L'important est d'agir rapidement afin de ne pas laisser le parfum s'échapper. Vous aurez donc soin de préparer une soupe très concentrée car la glace a tendance à diluer l'intensité du miso.

La soupe au miso glacée préparée à l'avance accompagne parfaitement la bière, le *shôchû* et le saké froid. La soupe au miso glacée est excellente. Il est incompréhensible que cette recette n'appartienne pas au registre de la cuisine japonaise, alors que nous avons le bouillon froid. Je proteste et, ce disant, je n'ai pu m'empêcher de quitter ma table de travail pour vérifier la quantité de glace contenue actuellement par mon réfrigérateur.

Allez, au boulot !

La soupe au miso-téléphone

J'ouvris la fenêtre de ma chambre et découvris une vaste étendue de soupe au miso.

J'étais dans la chambre 907 du *Wuchang Hotel* de Wuhan dans la province chinoise de Hubei et ce que j'avais pris pour une immense soupe au miso n'était en réalité que le fleuve Yangzi. La rive opposée que l'on distinguait mal était probablement à plus de deux kilomètres. Le fleuve charriait ses eaux boueuses avec une lenteur inexorable.

Ce fleuve était si large que le mot *détroit* eût sans doute été plus approprié pour décrire l'endroit. Les eaux boueuses étaient d'un ocre rouge foncé que j'associai immédiatement à un *butajiru,* soupe à base de viande de porc et de miso. Des vagues puissantes déformaient la surface du fleuve. Elles créaient des remous semblables à du papier froissé, et moi, je voyais tourbillonner des morceaux de viande de porc et des rondins de poireaux dans cette « marmite » en mouvement.

Je sortis un sachet de soupe instantanée au miso de mon sac de voyage, jetai la poudre au fond d'un bol et versai par-dessus un filet d'eau chaude tirée du thermos que l'hôtel mettait à disposition de ses clients dans chaque chambre. Les thermos chinois ont une forme massive et prononcée d'ogive.

Les soupes instantanées au miso sont étonnamment savoureuses. Ce n'est d'ailleurs guère surprenant puisque le miso est lui-même un aliment instantané.

« Soupe Yangzi », expliquai-je doctement à Lushi Shomi.

Lushi Shomi était mon interprète. Elle venait de pénétrer dans la chambre alors que je buvais solitaire ma soupe au miso au poireau. Shomi partageait un air de ressemblance avec Judy Oong. C'était une très jolie personne de vingt-sept ans au charme envoûtant. Je versai un reste de la matière lyophilisée du sachet dans le creux de sa main et lui fis signe de goûter. Elle y posa le bout de la langue et déclara :

« En effet, pas mauvais… »

Shomi nourrissait le souhait de venir étudier au Japon. Mais je ne crois pas qu'elle me faisait cette réponse uniquement pour me faire plaisir.

« La Chine a fait connaître le miso au Japon. »

Certes.

Il y a effectivement bien longtemps. Si longtemps que je ne me sens aucunement redevable à l'égard de cette Chine-là. Mais il est vrai, et c'est d'ailleurs un phénomène curieux, qu'un Japonais se sent obligé lorsqu'il est en Chine de faire des courbettes à ses hôtes. Le Japonais est d'une humilité sans égale dans son rapport à la Chine tandis qu'il sait se montrer plus revendicatif envers l'Europe ou les Etats-Unis : « Faudrait cesser de nous prendre pour des cons ! » pense-t-il souvent, le Japonais... Shomi approuva.

« Tout ce qui a fait le Japon vient de Chine », ajouta-t-elle en redressant le nez.

Ce genre de propos a le don de m'agacer.

« Mais absolument pas ! Le savon vient du Portugal. La boîte à musique des Pays-Bas, l'opéra d'Italie, le nihilisme d'Allemagne, l'ukulélé d'Hawaï, le pantalon de France, les *kimchi* de Corée et le virus du sida des Etats-Unis. Seul le Fujiyama est un produit national ! »

Je lui énumérais tout ce qui me venait à l'esprit.

« Mais quand vous dites *rôtoru* chez vous, eh bien, ça vient de Chine », répliqua-t-elle avec véhémence en me tendant une assiette.

C'étaient des pousses de bambou sautées. Shomi avait lu mes *Carnets de table d'un amateur de cuisine japonaise* (je dois avouer que je lui avais en réalité imposé de lire toute la série). Elle connaissait donc mon envie de goûter à cette « mitonnade de flûtes de bambou », comme j'appelais ce plat de lancettes de bambou sautées, et elle en avait commandé spécialement pour moi au chef cuisinier de l'hôtel.

Il s'agit de jeunes pousses de bambou (avec leurs feuilles) d'environ huit millimètres de diamètre. On les coupe en bâtonnets de cinq centimètres. On les place au sel quelque temps. On les fait ensuite revenir après dessalement. Les Chinois mangent du bambou ! Je me sentais d'humeur panda. J'avais avalé non sans appétit mon bambou sauté et je me proposais de renouveler l'expérience au printemps prochain avec de jeunes pousses récupérées dans la bambouseraie voisine de mon domicile. Je me crois capable d'en manger jusqu'à l'apparition de nœuds aux articulations de mes bras et de feuilles au bout de mes doigts où suspendre mes vœux pour la fête de Tanabata[1].

Tous les fleuves chinois qu'il m'a été donné de voir charrient des eaux boueuses d'une couleur ocre. C'est dans ces eaux que le restaurant où je déjeunais un jour dans la province de Yunnan (à la frontière avec le Vietnam) lavait ses légumes et faisait sa vaisselle. Ma première réaction fut de songer à l'hépatite qui me guettait mais je me rasséréнai en me persuadant que ces eaux kaki étaient une soupe au miso. Et je croquai à pleines dents dans un morceau de poireau légèrement ocre. Je me permets une petite digression pour signaler que ce restaurant, outre des poireaux, proposait du canard laqué parmi les sept plats de sa carte et cela, pour la modeste somme de quatre-vingt-dix yens par personne !

Bref, je ne peux m'empêcher de voir une soupe au miso dans le moindre fleuve boueux.

Voici la liste de mes cent soupes au miso préférées.

1) La soupe au miso au poireau et exclusivement du poireau. (Je n'y mets que du poireau long haché. Cette soupe mérite indubitablement d'occuper la première place.)

2) La soupe au miso au tôfu. (Elle est excellente. Le seul désagrément est de devoir aller acheter le tôfu.)

1. Fête célébrant la rencontre d'Orihime (Véga) et de Hiko-boshi (Altaïr) dans le ciel. Les Japonais célèbrent cette fête en écrivant des souhaits sous la forme de petits poèmes appelés *tanzaku*, que l'on accroche à des feuilles de bambou. Orihime et Hiko-boshi exauceront ces vœux si la rencontre a lieu (autrement dit, si le ciel est dégagé).

3) La soupe au miso au daikon (coupez le radis en fins bâtonnets).

4) La soupe au miso aux algues *wakame*.

5) La *Brazil* (ou *butajiru*[1]) : bouillon de viande de porc au miso.

6) La soupe au miso au crayon à papier de la marque Tombow. (Je me permets d'introduire dans les lignes suivantes quelques ingrédients parfois inattendus. Veillez à bien tailler votre crayon et à ne conserver que le bois, après avoir supprimé le vernis vert qui l'enrobe. Vous obtiendrez une soupe au léger parfum boisé. Ne pas avaler – évidemment – les copeaux du crayon.)

7) La soupe au miso aux palourdes *shijimi*. (Cette soupe mérite en réalité de figurer parmi mes trois soupes favorites, mais comme je n'y pense qu'à l'instant, j'ai oublié de l'inclure à ma liste et la voici à la septième place.)

8) La soupe au miso aux champignons *mameko*.

9) La soupe au miso au gingembre japonais.

10) La soupe au miso à la tortue *suppon*.

11) La soupe au miso à l'aubergine.

12) La soupe au miso au taro.

13) La soupe au miso à la tête de poisson *ara*.

14) La soupe au miso à la *junsai*.

15) La soupe au miso au tôfu frit.

16) La soupe au miso à la grande bardane.

17) La soupe au miso aux champignons *shimeji*.

18) La soupe au miso aux boulettes de sardine.

19) La soupe au miso à la palourde de Manille.

20) La soupe au miso au potiron.

---

1. Jeu de mots sur la prononciation de *buta jiru* et *Burajiru* (Brazil, Brésil en japonais).

Je dois avouer que ce classement de la septième à la vingtième place énumère des préférences personnelles et traduit uniquement l'ordre dans lequel ces soupes me sont revenues à l'esprit. Cette liste répondrait probablement à un ordre différent si je devais la réécrire.

Poursuivons.

Nous avons à la vingt et unième place… Je ferme les yeux… Ah, mais oui… je l'avais oubliée ! Nous avons…

21) La soupe de loches au miso !

22) La soupe au miso aux champignons *shiitake.*

23) La soupe au miso au chou.

24) La soupe au miso aux huîtres.

25) La soupe au miso aux épinards.

26) La soupe au miso aux pousses de daikon.

27) La soupe au miso à la chiffonade de bonite.

28) La soupe au miso parfumé aux pousses de poivre *sanshô.*

29) La soupe au miso aux coquilles Saint-Jacques.

30) La soupe au miso aux pommes de terre.

Je place au trente et unième rang la soupe au miso à la langouste d'Ise. Ces langoustes, j'en commande dix une fois par an et prépare une soupe au miso dans une grande marmite. La langouste qui est un peu snob proteste parfois en ces termes : « Mais dis donc, ne sommes-nous pas réservées aux repas de mariage ? » Je la remets à sa place… dans la soupe au miso. Si je ne dispose pas de langoustes d'Ise, je les remplace par de la grosse crevette charnue (ou *taishô ebi*) que je place au trente-deuxième rang. Si la fin de l'année est financièrement délicate, nous aurons au trente-troisième rang la soupe au miso aux crevettes *kuruma.* Si je suis dans une dèche complète, nous aurons la soupe au miso aux écrevisses au trente-quatrième rang. (Veillez à bien les faire bouillir pour tuer les vers trémadotes et autres parasites qu'il leur arrive parfois d'abriter, avant de les consommer.)

35) La soupe au miso aux crevettes séchées (crevettes séchées vendues dans des sachets en plastique). J'ai pris l'habitude lorsque je les cuisine de garder les carapaces qui sont parfaites pour préparer un dashi. La saveur de la carapace de crevette se marie excellemment au miso. Même chose avec le crabe, je place la soupe au crabe *gazami* au trente-sixième rang.

37) La soupe au miso au crabe royal (très bon marché).

38) La soupe au miso au crabe d'eau douce.

39) La soupe au miso à la carapace de crabe *erimacrus isenbeckii* (lorsque l'on en a fini avec la bête).

Et au quarantième rang, j'inclus le petit crabe des sables !

41) La soupe au miso au chou blanc.

42) La soupe au miso à la ciboulette longue.

43) La soupe au miso aux bulots.

44) La soupe au miso aux petites anémones de mer de la mer Ariake.

45) La soupe au miso aux Lingulata (celles de la mer d'Ariake encore sont les meilleures).

46) La soupe au miso au pâté de poisson.

47) La soupe au miso au *konnyaku.*

48) La soupe au miso aux fleurs et pousses de colza.

49) La soupe au miso aux carottes.

50) La soupe au miso aux pois gourmands.

Me voici à la moitié de ma liste ! Je suis obligé de poursuivre puisque j'ai annoncé donner le classement de mes cent soupes préférées mais j'avoue regretter de ne pas avoir prévu de m'arrêter ici…

51) La soupe au miso au radis râpé de garniture de sashimi (vraiment pas mauvais).

52) La soupe au miso au cresson (le cresson se trouve en grande quantité le long des ruisseaux de montagne).

53) La soupe au miso aux nards (même chose, on en trouve en montagne).

54) La soupe au miso aux ignames (même chose, toujours en montagne).

55) La soupe au miso aux pommes de pin (se ramassent aussi en montagne, on s'en sert pour préparer le dashi).

56) La soupe au miso aux racines de chardon (en montagne).

57) La soupe au miso aux ignames Yamato (toujours en montagne).

58) La soupe au miso aux pigeons (encore en montagne).

59) La soupe au miso aux herbes à poivre (en montagne).

60) La soupe au miso aux œnanthes de Java (en montagne).

Et la soupe au miso aux feuilles de pissenlit (qui se cueillent également en montagne), qui complète et termine mon rayon des produits de montagne. Nous voilà au soixante et unième rang. Ah, mais j'allais oublier les suivantes ! Alors nous aurons encore :

62) La soupe au miso au sanglier.

63) La soupe au miso au *tanuki*, animal difficile à capturer !

Je me sens comme un coureur de marathon. Les premier et second ont déjà coupé la bande de plastique tendue en travers de la ligne d'arrivée, ils ont fini de répondre aux interviews des différentes chaînes de télévision et les spectateurs commencent à rentrer chez eux tandis que les derniers compétiteurs franchissent en titubant, à bout de forces, cette même ligne.

64) La soupe au miso au piment *shishitô*.

65) La soupe au miso au persil *mitsuba*.

66) La soupe au miso au *chikuwa*.

67) La soupe au miso aux carassins.

68) La soupe au miso aux poivrons verts.

69) La soupe au miso aux champignons *enoki* (collybie à pied velouté).

70) La soupe au miso aux bulbes d'oignon de Chine (il faut hacher menu les bulbes avant de les plonger dans la soupe).

71) La soupe au miso aux abats de poule.

72) La soupe au miso à la racine de lotus.

73) La soupe au miso aux pousses de bambou.

74) La soupe au miso aux feuilles de shiso.

75) La soupe au miso aux poireaux de Hakata.

Ci-dessous la liste des « mauvais caractères » :

76) La soupe au miso aux œufs de morue.

77) La soupe au miso au gingembre mariné.

78) La soupe au miso aux têtards.

79) La soupe au miso aux saucisses.

80) La soupe au miso au caramel.

81) La soupe au miso à la gomme.

82) La soupe au miso à la feuille de papier légèrement grillée.

83) La soupe au miso au roux de curry.

84) La soupe au miso aux œufs de hareng.

85) La soupe au miso au fromage.

86) La soupe au miso au *daifuku*.

Je les ai toutes essayées. Je n'irais pas affirmer qu'elles sont excellentes mais je leur trouve une saveur intéressante.

87) La soupe au miso au sésame.

88) La soupe au miso au *nattô*.

89) La soupe au miso à la sériole.

90) La soupe au miso à la ciboule de Chine (dont l'entrée en scène provoque un tonnerre d'applaudissements).

Ces soupes que je viens d'énumérer ont fait leurs preuves.

91) La soupe au miso à l'œuf.

92) La soupe au miso au saumon. (Celle que sert le restaurant gastronomique *Yoshigen* de la ville de Murakami au bord de la mer du Japon est célèbre – consulter l'*Engishiki, Traité des lois et règlements*.)

93) La soupe au miso au congre.

94) La soupe au miso à la daurade (que j'aurais dû placer dans la première moitié dans mon classement).

95) La soupe au miso aux bulbes de lis.

96) La soupe au miso *tanuki* (à laquelle on n'oubliera pas d'ajouter du *tenkasu* comme pour les *tanuki soba*).

97) La soupe au miso aux arêtes de chinchard.

98) La soupe au miso aux champignons oreilles-de-Judas.

99) La soupe au miso aux calmars séchés (qui permet d'obtenir un splendide dashi).

La cérémonie de remise des médailles aux marathoniens commence à l'instant où je place ma soupe au miso aux fleurs de chrysanthème au centième rang…

La soupe au miso à l'*ayu*, la soupe au miso aux nouilles *sômen*, la soupe au miso à l'herbe à chat, la soupe au miso au poulpe, la soupe au miso aux châtaignes, la soupe au miso au thon, la soupe au miso aux mochis, la soupe au miso au fretin, la soupe au miso à l'*edamame*, la soupe au miso au *konnyaku* ficelle auraient également pu figurer dans ma sélection mais je dois me résoudre à les ignorer.

Nous étions à présent dans l'avion qui nous conduisait de Wuhan à Chengdu et je finissais d'énumérer ma sélection à mademoiselle Lushi Shomi.

Je lui précisai deux choses concernant la soupe au miso. La première est l'importance qu'il y a à s'en tenir à un seul ingrédient car la soupe au miso devient sinon trop complexe et nous risquons de perdre le goût originel du miso. Ce goût est fragile et délicat. C'est la raison pour laquelle je recommande de n'y placer qu'un seul et unique ingrédient afin de mieux l'apprécier.

La seconde est l'aspect dramatique d'une soupe au miso. Je veux dire qu'avant l'apparition de la télévision, seul ce que dissimulait une soupe au miso était susceptible d'émouvoir les jeunes Japonais. Filles et garçons confondus. Le miso contenu dans la soupe si vous l'abandonnez sans l'agiter va se déposer lentement au fond du bol. C'est alors que le suspense commence sur la table ! Donnez une petite secousse au bol et vous verrez apparaître un paysage nuageux et bientôt, au-delà de ces nuages, surgir la tête d'un oiseau… Le miso produit selon les jours des motifs différents à la surface du bol. Ce pourra être un dragon ou une scène de combat extraite des *Chroniques des Trois Royaumes,* l'ombre d'un B49, une plante carnivore sortie d'une histoire de *Shonenôja,* le visage du défunt grand-père, une libellule virevoltant au crépuscule par-dessus un champ de ruines, une fleur de dahlia, un globe lunaire, des esprits, un camion-citerne, le Bouddha en gloire, un matin sur le mont Fuji, une motocyclette fugitive, les variations de l'écho de la voix d'un vendeur de bananes au marché noir. Bref, une soupe au miso n'est pas une simple soupe, c'est un théâtre pour les jeunes gens. Filles et garçons confondus !

« Il ne faut pas négliger le fait que le repas japonais est riche de traditions », insistai-je encore non sans fierté.

Lushi Shomi acquiesça en me souriant.

Nous étions donc à Chengdu dans la province du Sichuan, ville où avait habité Du Fu, le poète de la dynastie des Tang. Lushi Shomi vivait dans un appartement de fonction réservé aux employés de l'université de Chengdu. Elle m'invita chez elle.

Bonheur suprême, Shomi me prépara des soupes au miso ! Elle utilisait une sauce soja chinoise à base de froment (sans soja donc) et y avait ajouté quelques piments bien sentis. La province du Sichuan est réputée pour son *mâbôdôfu* particulièrement épicé.

Voici la liste des soupes qu'elle prépara à mon intention :

1) La soupe au miso à l'anguille *ta* (ou *ta-unagi* qui est une petite anguille, ressemblant à la loche, que l'on trouve en Chine).

2) La soupe au miso aux tendons de bœuf (il faut laisser mijoter deux heures la viande avant de l'assaisonner à la manière des soupes coréennes).

3) La soupe au miso au gras de porc (il faut couper ce lard en fines tranchettes).

4) La soupe au miso aux pousses de pois cultivés.

5) La soupe au miso aux liserons d'eau.

6) La soupe au miso aux champignons (on emploie beaucoup de champignons dans la cuisine chinoise, souvent très minuscules mais très parfumés).

7) La soupe au miso au *ganmodoki*.

8) La soupe au miso au bacon chinois.

9) La soupe au miso à l'aileron de requin.

10) La soupe au miso à l'estomac de porc (que l'on consomme mijoté au Japon).

11) La soupe au miso aux tempuras de légumes (réellement excellente).

12) La soupe au miso à la peau de poule.

13) Une *tôfusai* (une soupe chinoise au miso aux légumes).

Ce sont jusque-là uniquement des soupes appartenant au répertoire de la cuisine du Sichuan.

14) Une soupe au miso aux champignons *matsutake* séchés, que j'ai applaudie à deux mains. Ces champignons sont vendus environ trois mille yens les cent grammes (ce qui représente une quinzaine de morceaux). C'était la première fois que j'en voyais mais il paraît que l'on en exporte au Japon. (Avec ces champignons-là, il pourrait donc être possible de faire de la soupe au miso aux *matsutake* toute l'année !)

15) La soupe au miso aux grains de riz. C'était une création de Lushi Shomi. Cette soupe n'est pas si surprenante si l'on considère le riz comme un légume. Moi qui aime verser ma soupe au miso sur mon bol de riz, avec Shomi, le riz était déjà dans la soupe !

Je lui ai alors parlé de la soupe au miso-téléphone. Les Japonais aimant particulièrement la soupe au miso se sont mis à confectionner toutes sortes d'objets, meubles, peignes, ustensiles ménagers, en pâte de miso séchée. Ils ont même fait des combinés de téléphone et pris l'habitude de les plonger dans leur soupe lorsqu'ils en trouvaient insuffisante la teneur en miso. (Je plaisante.)

« Si bien qu'un jour, lui dis-je, ma grand-mère plongea le combiné dans la casserole de soupe au miso au moment où mon grand-père appelait ! Il paraît que le son du combiné mijotant parvint jusqu'à l'oreille du grand-père. Ce dernier se dépêcha de rentrer chez lui depuis la gare avec un poireau sous le bras… Non, ce n'est pas vrai, j'ai inventé cette histoire. »

Je dois aussi confesser un autre mensonge. Cette Lushi Shomi partageant un air de ressemblance avec Judy Oong n'existe pas. Les soupes et autres mets dont je viens de parler existent mais j'ai inventé ce personnage fictif de belle fille. Les plus attentifs de mes lecteurs auront d'ailleurs remarqué que le nom *Lushi Shomi* était la prononciation en verlan de *shiru miso*, soupe au miso (prononcé avec un cheveu sur la langue) !

Pour me faire pardonner, j'offrirai à mes lecteurs une dernière et simplissime recette de *soupe au misho*.

Placez d'abord dans un bol une cuillerée de pâte de miso fraîche et du dashi en poudre de copeaux de bonite séchée. Ajoutez en bonne quantité du poireau finement haché. Versez ensuite de l'eau chaude jusqu'à ras bord. Couvrez avec une assiette et patientez une minute. Vous obtenez une excellente soupe. Je vous la conseille si jamais une subite envie de *miso soup* vous prenait en pleine nuit.

La casserole est inutile.

Les sept métamorphoses de l'*edamame*

Je n'avais pas revu Tamori depuis un certain temps et il y a quelques jours, j'ai participé au Tamori Club, un programme qu'il anime à la télévision, dont le concept était cette fois de « Regarder (gratuitement) le feu d'artifice du parc Teshima depuis une pièce de quatre tatamis et demi située dans un dortoir d'étudiants avec canettes de bière et *edamame* ». Le directeur du programme – je le crois sincère – prétextait une « absence chronique de budget » pour justifier le concept proprement indigent de cette émission... Toujours est-il qu'il m'a traîné jusque dans un gourbi probablement inscrit au registre du patrimoine naturel et autres monuments historiques du district de Nerima. La bâtisse avait trente ans. Loyer mensuel : quarante mille yens. C'était ici qu'aurait lieu l'enregistrement du programme.

L'endroit était si décrépit que j'en écrasai une larme. J'avais habité ce genre de baraque lorsque j'étais étudiant. Tamori aussi, qui s'était retrouvé à la rue lorsqu'il était monté à Tôkyô, mais lui, il savait s'imposer chez des connaissances... Enfin, passons. Peu importe. La fenêtre de la pièce de quatre tatamis et demi donnait sur un champ où étaient cultivés des daikons de Nerima. Les tatamis devaient avoir probablement pris une teinte brune avec le temps, fleurant bon l'authentique, mais le propriétaire les avait fait changer lorsqu'il avait appris qu'une équipe de télévision débarquait chez lui pour un tournage, si bien que ces tatamis étaient à peu près la seule chose neuve, verte et printanière de l'endroit. L'équipe avait installé deux chaises sans pieds et une petite table basse. Sur cette dernière avaient été disposées des canettes de bière et des *edamame*. Mon rôle tout en m'extasiant devant le feu d'artifice consistait à parler *edamame*. Ce qui devait donner :

1) Placer les *edamame* 30 minutes dans l'eau salée avant de les faire bouillir.

2) Les faire bouillir 3 minutes dans de l'eau bouillante préalablement salée.

3) Les saupoudrer de sel une fois sortis de l'eau et après les avoir bien égouttés.

Mes explications n'étaient pas spécialement difficiles à suivre mais c'est ce genre de précisions qui fait la différence. Concernant la cuisson de l'*edamame*, le plus important est de ne pas les laisser cuire trop longtemps, ce qui est assez fréquent lorsqu'on en prépare chez soi. L'*edamame* prend alors une couleur brune de pelouse hivernale et perd en fraîcheur comme en fermeté sous la dent. Placer les gousses de fèves dans l'eau salée avant la cuisson n'a pas seulement pour but de les doter d'un léger goût salé mais aussi de préserver leur belle couleur verte après la cuisson.

Dernier point :

4) Considérer que votre hôte est un typhon.

Cette précision est importante mais elle appelle une explication. La gousse de l'*edamame* ayant une forme d'arc, elle fait songer à l'île de Honshû. Cette gousse contient généralement trois fèves, mais il arrive (rarement) qu'elle en comporte deux, voire une seule. En rapportant la position des graines dans la gousse à la « morphologie » du Japon pris dans sa longueur, nous obtenons : Sendai, Tôkyô, Osaka. Ces trois métropoles sont les trois rebonds caractéristiques de la gousse. Si bien qu'on se sentira soudain devenir typhon en la dépiautant, typhon menaçant l'Archipel et avide de n'en faire que trois bouchées ! Les gorgées de bière englouties sont les trombes d'eau déversées sur les fèves-métropoles. Les gousses abandonnées tel un amas éventré de collines accidentées témoignent des dégâts subis par ces villes. Voilà la signification de ma comparaison.

Je viens de décrire la manière orthodoxe de manger l'*edamame* mais il en existe évidemment plusieurs autres.

Jadis, on le plongeait dans le *nuka*. Les fèves, une fois cuites et égouttées, étaient laissées à refroidir puis salées avant d'être placées sur un lit de *nuka*. On piquait les graines d'un cure-dents et elles accompagnaient le saké. Le goût sucré de l'*edamame* se mêlait alors à l'humble et rustique saveur caractérisant si bien les guerriers d'autrefois. Saveur masculine, élégante mais implacable. L'*edamame* est un ingrédient idéal pour la fermentation, que ce soit sous la forme de *nattô* ou de *shôyu* puisque tous deux sont à base de graines de soja.

Quelques fèves dégagées de la gousse et consommées avec un peu de wasabi et de *shôyu* accompagnent avec une rare élégance le saké, surtout après une ondée estivale en compagnie d'une femme en *yukata.* La tendance est actuellement de marier bière et *edamame.* Mais autrefois (on savait vivre !), l'*edamame* avec de la sauce soja et du wasabi accompagnait le saké. C'était quelque chose !

L'*edamame* cuit dans la sauce soja était considéré dans les premières années de l'ère Shôwa comme un aliment de conserve. Une fois cuites, les fèves étaient placées dans une casserole où elles étaient laissées à mijoter avec sauce soja et *mirin.* Lorsque la sauce soja avait imprégné la graine, on en remplissait des conserves et on attendait l'hiver pour les consommer. Elles accompagnaient parfaitement le *chazuke.* On en mangeait fréquemment chez moi.

Je me suis préparé de l'*edamame* mariné dans le miso un lendemain midi de cuite. Eh bien, je peux vous assurer que la préparation de ce plat a des vertus curatives. Il soigne la gueule de bois car les fèves semblent avoir le pouvoir d'absorber les humeurs mélancoliques. Une fois bouillies, la couleur des fèves abandonnées deux jours dans du miso vire du vert au brun. Le miso est un cousin puisqu'il est également à base de graines de soja, l'ensemble s'harmonise à la perfection, et même avec la gueule de bois, on reste capable d'apprécier cette harmonie-là. Au bout d'une semaine, l'*edamame* finit par se confondre avec le miso au point qu'il devient impossible de l'en distinguer. On vous en servirait sans rien vous dire, vous lui trouveriez effectivement un goût d'*edamame* mais la frontière avec le miso serait si ténue que c'en serait délicieusement énervant. Je peux aussi pimenter mon miso et y laisser mes fèves un mois durant avant de les retirer, de les laver à grande eau, puis d'en supprimer toute humidité pour les mettre à sécher dans un endroit ombragé. L'*edamame* au goût par nature introverti développe alors des saveurs d'une ampleur inconnue.

J'ai eu l'occasion de manger du *dry nattô*. Ce sont des petites graines composant le *nattô* que l'on a mises à sécher et qui s'avalent en amuse-gueule avec le saké. Elles ont un goût raffiné et sobre de feuilles mortes. Un goût bien distinct du *nattô daitokuji* ou du *hama nattô* qui sont aussi des mets exceptionnels. Ces graines supportent aisément la comparaison avec mes marinades de miso. Entre les deux, mon cœur balance…

Le tôfu d'*edamame* est un plat de cuisine familiale. Il a la saveur triste de l'automne. On le tenait cependant pour moderne à l'époque Taishô. Voici comment procéder. Réduire en purée dans un pilon vos fèves préalablement bouillies, puis les presser afin d'en obtenir une pâte. Diluer de la fécule de pomme de terre dans l'eau tiède. Ajouter un œuf et mélanger le tout à la pâte. Faire cuire la préparation à l'étouffée à feu doux. Vous en garnirez ensuite une boîte à bentô ou n'importe quelle autre boîte. La cuisine d'autrefois était simple et accueillante.

Cette pâte obtenue à partir de l'*edamame* connaît bien d'autres usages. Salée, elle s'incorpore aisément à la bouillie de riz. Il est encore possible de la faire frire en la roulant en boulettes. Elle trouve, bien sucrée, à s'employer en pâtisserie. Prenez garde cependant à ne pas trop sophistiquer les emplois car vous tomberiez dans les travers de la cuisine française et cela deviendrait pédant ! Ce qu'il y a de bon dans la fève de l'*edamame* est sa texture ferme. Les risques de la voir « se la jouer » comme un chanteur de variété à succès augmentent lorsqu'on en complique les usages, et elle peut en fin de compte se révéler d'un emploi difficile.

Voilà dans les grandes lignes ce dont je comptais entretenir les téléspectateurs du Tamori Club qui, dois-je le préciser, n'est pas une émission culinaire. Allais-je aussi évoquer la recette du *nattô* d'*edamame*, recette très facile à retenir ? J'hésitais…

Cette recette obéit à un principe très simple. Il s'agit de préparer un tôfu à partir de fèves d'*edamame* qui sont en réalité des graines de soja parvenues à maturité. Le *nattô* est une fermentation de graines de soja que l'on aura fait bouillir après les avoir placées une nuit dans l'eau. Si vous vous baladez dans la province de Mito, vous trouverez du *nattô* vendu dans un habillage de paille. Procurez-vous-en et remplacez son contenu (lorsque vous l'aurez mangé) par vos graines de soja bouillies. Laissez reposer deux ou trois jours, le temps que les bactéries encore présentes dans l'emballage s'activent à la fabrication du *nattô*. Vous avez maintenant votre *nattô* fait maison ! J'ai adopté ce procédé à plusieurs reprises. Que se passe-t-il si l'on remplace les graines de soja par des fèves bouillies d'*edamame* ? Eh bien, vous obtenez un *nattô* plus rare, plus onctueux, d'une couleur verdâtre très agréable au palais. Ce *nattô* a un goût de prairie… Je pensais inviter mes auditeurs à manger l'*edamame* sous la forme de ce *nattô* rare mais j'y ai renoncé car mes explications s'annonçaient fastidieuses. Il faut savoir être concis quand on s'exprime dans une émission de télévision. Une longue explication ne vous met pas à l'abri de la digression et vous ne parvenez jamais à la conclusion. Vous finissez toujours par le regretter.

Je pouvais aussi parler du bain à l'*edamame*...

Chez nous, à la maison, nous avons l'habitude de mettre des iris dans le bain au mois de mai. En octobre, ce sont des chrysanthèmes. En juillet, du curry (on verse dans le bain de la poudre de curry). Mais au mois d'août, c'est de l'*edamame*. On jette des branches d'*edamame* dont les gousses sont déjà cuites dans l'eau brûlante et nous mangeons alors les fèves ! Le bain de notre maison de Karuizawa est en bois de cyprès *hinoki*. L'hiver, ce sont des mandarines que nous y mettons. Les fruits conservent une douce chaleur en eux lorsqu'on les emporte pour les manger en sortant de l'eau. Vous vous sentez d'une humeur de *countryman* venant de se plonger dans une source chaude jaillie en plein champ.

Proposition gourmande de bains selon les mois de l'année :

Janvier : bain de saké (c'est le Nouvel An !).

Février : bain au yuzu (qui stimule l'épiderme).

Mars : bain de maïs (qui parfume le corps).

Avril : bain aux sept plantes (qui annoncent le printemps et que l'on pourra recycler ensuite dans une bouillie de riz, aux sept plantes justement).

Mai : bain aux œufs (vous obtenez un *onsen tamago* cuit à point).

Juin : bain aux algues *wakame* (les jeunes *wakame* ont une belle couleur).

Juillet : bain au curry (on saupoudre l'eau de poudre de curry).

Août : bain d'*edamame* (on plonge les branches dans l'eau).

Septembre : bain de plantes médicinales (lucidité garantie au sortir de l'eau).

Octobre : bain aux champignons *matsutake* (un luxe !).

Novembre : bain aux daikons (une vraie marmite de tendres daikons bien cuits !).

Décembre : bain aux mandarines (leur parfum est incomparable).

Ou encore, dans un registre plus élégant et poétique :

Janvier : bain de narcisses.

Février : bain aux fleurs de prunier.

Mars : bain au camélia.

Avril : bain aux pétales de cerisier.

Mai : bain d'acores odorants.

Juin : bain de feuilles nouvelles de saule.

Juillet : bain de campanules.

Août : bain de volubilis.

Septembre : bain aux herbes de la pampa.

Octobre : bain de chrysanthèmes.

Novembre : bain de lespédèzes.

Décembre : bain aux aiguilles de pin.

J'aime le bain aux herbes folles, l'été, dans lequel il suffit de plonger les plantes sauvages poussant ici et là, celles que vous aurez trouvées à votre goût. La peau absorbe les principes actifs des plantes.

Un bain de feuilles mortes à l'automne est une manière écolo d'accoutumer son corps à la biofermentation !

L'hiver venu, rien de tel qu'un bain de neige, rien de plus relaxant que de regarder fondre une belle boule de neige flottant à la surface de l'eau chaude. Vous vous croiriez dans un *Hot Spring* américain.

Des lentilles d'eau récupérées à la surface d'une rizière avec leur boue donnent aussi un bain aux lentilles d'eau excellent pour la santé et votre épiderme !

J'ai longtemps hésité à emporter mon chapelet de fèves d'*edamame* pour participer à l'émission. C'est une invention de mon cru que j'aimerais réussir à breveter. Faites légèrement bouillir vos fèves de sorte qu'elles restent fermes. Vous y passez un fil et voilà votre chapelet ! Il est possible d'en confectionner dix avec une seule botte à trois cents yens. Le chapelet pourra également être consommé durant la veillée funèbre en accompagnement du saké car les fèves sont salées (je rappelle qu'il faut saler les gousses avant de les faire bouillir et saler aussi l'eau de cuisson). Evoquer le défunt en jouissant de la saveur des fèves…

Bref, je me rendais à l'enregistrement en imaginant les divers usages de l'*edamame* susceptibles d'être présentés durant l'émission. Or, en m'installant dans la pièce de quatre tatamis et demi, je vois le directeur du programme me tendre une petite liasse de feuillets imprimés et me dire : « V'là le scénario. »

Eh bien oui, les programmes de talk-shows obéissent à un scénario !

Je lis.

Tamori est en train de boire une bière assis sur les tatamis quand Arashiyama fait son entrée dans la pièce.

TAMORI : *Oh, Arashiyama ! Cela fait un bail !*

ARASHIYAMA : *Bonsoir. Ah, mais je vois que tu es en train de manger de l'edamame… et je vois aussi que tu ne sais pas comment cela se mange ! Regarde, l'edamame, eh bien, cela peut se manger ainsi.*

TAMORI : *Quoi ? Quoi ? Fais voir…*

Le scénario débutait ainsi. Je devais enchaîner en disant :

ARASHIYAMA : *Regarde, il y a aussi à manger dans la gousse.*

C'était incroyable. Je n'en revenais pas ! La personne qui avait rédigé le scénario y avait en outre inséré des croquis expliquant comment procéder.

J'étais sceptique mais j'ai évidemment essayé. La gousse était en effet mangeable. C'était *effectivement* mangeable ! Qui sont ces gens capables de ce genre d'expérience ?

Vous par exemple, vous jetez, comme la plupart des gens, la gousse que vous tenez pour un déchet après avoir dégagé et avalé la fève. Eh bien, sachez que l'intérieur de cette gousse abrite une seconde peau quasi transparente et c'est cette peau-là qu'il faut d'abord décoller. Voici comment vous procéderez. C'est assez difficile au début mais on y parvient sans grande difficulté après deux ou trois tentatives car cette pellicule est assez ferme. On croirait du celluloïd. Les deux fibres qui bordent la gousse ont tendance à se ficher dans l'interstice entre vos incisives ou à rester coincées dans la gorge. Il faudra les recracher car il n'est pas aisé de s'en débarrasser manuellement au préalable. Cette pellicule donne en bouche l'impression d'être à la fois molle et potelée. C'est magnifique ! Dire que j'avais par ignorance systématiquement négligé cette partie de l'*edamame* ! Ma surprise était à la hauteur de mon repentir. L'habitude de consommer la surface interne de la gousse de l'*edamame* existait en ce bas monde. C'était consommable et moi, je n'en avais rien su !

Cette peau-là, tendre et agréable sous la dent, a un goût distinct de celui de la fève. Il est vrai qu'il n'était absolument pas irrationnel d'avoir l'idée de la manger si l'on songe que l'on avale la peau du haricot vert ou du pois gourmand. Je n'avais jamais songé à prélever la pellicule interne à la gousse…

J'oubliai le discours que j'avais préparé. Je recentrai mon propos sur la comestibilité de cette partie de la gousse et brodai en me conformant au scénario.

ARASHIYAMA : *Le meilleur de l'edamame, c'est dans la gousse !*

C'était la conclusion.

J'oubliai de sortir le chapelet de fèves que j'avais pourtant dans ma poche. Je rentrai chez moi.

Depuis cette émission, je prévois une assiette supplémentaire lorsque je nous sers de l'*edamame.* Une pour les gousses et une seconde pour les fèves et une troisième pour les peaux. Les quatre brins fibreux de la peau que j'abandonne dans un coin de mon assiette forment bientôt un tas semblable à des arêtes de poisson.

La saison de l'*edamame* s'étend de septembre à octobre. On peut alors s'en procurer par bottes majestueuses. Les fèves aussi. J'en ai fait bouillir et j'ai essayé de manger leur peau mais je reconnais que ce n'est pas fameux.

Les mystérieuses recettes de Tanizaki Jun'ichirô

Dans *Le Club des gourmets*, nouvelle parue en l'an 7 de l'ère Taishô (1918), Tanizaki Jun'ichirô propose une énigmatique liste de plats de cuisine chinoise :

1) Chaud d'œufs de tourtes.
2) Fontaine de raisins.
3) Becquets aux crachats d'eau de jade.
4) Poires des neiges, pétales et écorces.
5) Lèvres braisées.
6) Gelée de papillons.
7) Velouté de cygnes du ciel.
8) Tôfu lapis-lazuli.

Et Tanizaki d'ajouter : « Ces noms sont suffisamment évocateurs pour m'en remettre à la sagacité de mes clairvoyants lecteurs et leur laisser le soin d'imaginer la nature de ces plats. » Tanizaki ne donne aucune indication précise sur le contenu de ces recettes.

Correspondent-elles seulement à quelque réalité ? C'est le mystère que je voudrais tenter de résoudre.

La nouvelle de Tanizaki se conclut par les lignes suivantes qui, à l'évidence, distillent un certain nombre d'indices sur cette étrange gastronomie : « Je suis convaincu qu'ils (les membres du Club des gourmets) ni ne dégustèrent ni ne bouffèrent sans tarder ces plats mais qu'ils en devinrent littéralement fous, comme consumés de l'intérieur. La formule est à prendre au pied de la lettre car l'état dans lequel cette cuisine les plongea ne pouvait avoir d'autre issue que la folie ou la mort. »

Le Club des gourmets est l'histoire de cinq personnages fatigués, blasés d'avoir consommé tant et trop de bonnes choses. Le Comte G. est le personnage principal de ce récit. C'est à lui que revient la charge de planifier et d'organiser banquets et autres réjouissances à l'intention des membres du club. Ceux-ci ont, semble-t-il, épuisé toutes les possibilités offertes par les restaurants du centre de Tôkyô tels que le *Mikawa* d'Akasaka, le *Kinsui* à Hamachô, l'*Okitsu* dans le quartier d'Azabu, le *Jishôken* à Tabata, le *Shimura*, l'*Otokiwa*, le *Shôtokiwa*, le *Hasshin* et le *Naniwaya* à Nihonbashi. Une envie soudaine de tortue, et plus précisément de *suppon*, les prend-elle que nous les imaginons faire route vers Kyôto. Nous ne tardons toutefois pas à comprendre qu'ils sont en réalité déjà à Osaka, occupés à déguster un *ochazuke* à la daurade, puis nous les retrouvons à Shimonoseki, attirés par du fugu, avant d'éprouver une nostalgie de *hatahata* et de se transporter jusqu'en la province d'Akita, en pleine tempête de neige.

Bref, leur soif de délices est telle qu'elle leur a fait épuiser les ressources de tout ce que la ville de Tôkyô compte d'établissements de bouche, jusqu'aux vendeurs ambulants d'*imagawayaki* du district de Ginza 4-chome ou de *shumai* rôdant autour des maisons de geishas du quartier de Karasumori. Il leur arrive encore de recruter quelque chef de cuisine prestigieux et de le charger de préparer à leur intention ce qu'ils nomment un « banquet orchestral » !

Un soir, alors qu'il marche dans le quartier de Surugadai, le comte G., gourmet revenu de tout mais non repenti, avise un étrange bâtiment de deux étages de style occidental. Une réception en l'honneur de Chinois résidant au Japon mais originaires de la province de Zhejiang paraît s'y tenir. Notre homme s'y introduit et assiste au spectacle d'un festin comme il n'en a encore jamais vu, et dont il va s'inspirer pour régaler les membres du Club des gourmets. Tanazaki donne peu d'indices sur la nature des plats que le comte G. leur servit, sinon la description suivante : « Ce fut comme un concert d'instruments fous. C'était à mourir fou, nos corps fondaient. (...) Plus vous mangiez, plus les goûts s'épanouissaient, à peine sentiez-vous la saveur des aliments sur la langue que ceux-ci vous trouaient la paroi de l'estomac. C'était à s'en éclater la panse, une cuisine à laquelle il était impossible de renoncer dès lors qu'on y avait goûté. »

Parmi ces plats, un porridge de poisson *(keisyugyoshi)* qui ressemblait vu du dessus à une soupe opaque couleur de plomb. Cette soupe avait la consistance du *yôkan*. Elle était servie dans un récipient en argent. La première lichée était douce et sucrée en bouche. Vous aviez l'impression d'avaler un vin de raisin doux. « C'est tout ? » maugréaient les gourmets. Mais ils avaient à peine le temps de formuler leur critique que l'étonnement les dessillait aussitôt : un goût de bouillie de riz de poule mêlé à celui d'un bouillon de poisson surnageait inopinément de cette soupe dulcifiée qu'un rot formidable vint brusquement étayer. Tanizaki explique dans un aparté que la saveur de ce rot était extraordinaire. La soupe plongeait directement dans l'estomac, produisant une fermentation instantanée qui était la cause de rots profonds. Plus vous en mangiez, plus vous éructiez ! C'était un plat qui vous faisait jouir des rots qu'il provoquait…

Le second plat était un chou compoté au jambon *(katai-hakusai)*.

Katai désigne une sorte de jambon chinois. Il s'agit d'un plat mijoté de jambon cuit et de chou blanc. Les gourmets étaient introduits dans une pièce qui allait être tenue hermétiquement close. La lumière s'évanouissait. On ne voyait rien à un pouce dans ces ténèbres. Des femmes s'y glissaient en laissant échapper un doux murmure de soie frottée. Elles s'approchaient des convives et commençaient à leur masser la tête avec application. Puis elles leur étiraient les lèvres et introduisaient des doigts dans leur bouche. Un liquide s'en échappait, semblable à une soupe épaisse, qui avait la saveur du jambon. Les convives mordaient les doigts et ceux-ci crissaient comme lorsque vous croquez une fane de chou blanc. Les doigts de femmes faisaient partie de la recette ! Ce plat était directement réalisé dans la bouche et s'insinuait à mesure dans le corps tout entier ! Enfin, les femmes nettoyaient les bouches, ôtant précautionneusement les fragments d'aliments coincés entre les dents. Elles s'échappaient discrètement de la pièce. La lumière revenait. Plus aucune trace d'une présence féminine…

Le troisième plat était un *kôrai* de femme en chair *(kôrai joniku)*. *Kôrai* signifiant *tempura*, il s'agit donc d'une tempura de femme. Une jeune Chinoise magnifique à l'apparence de magicienne est transportée, resplendissante et souriante, sur la table du repas. Elle semble roulée dans un tapis d'une blancheur éclatante mais à mieux y regarder, nous comprenons qu'il s'agit d'un manteau de pâte à tempura. Nos gourmets étaient priés de ne consommer que l'enveloppe, et uniquement l'enveloppe, de cette femme en chair.

Le comte G., après leur avoir servi ces trois étranges plats, propose aux membres du club les huit mystérieuses recettes citées plus haut, capables de rivaliser chacune en créativité avec les premières. Las, Tanizaki ne nous communique que les noms des plats et conclut sa nouvelle.

Je suis allé à Shanghai il y a trois ans pour participer à un circuit gastronomique qu'une agence de voyages avait concocté à mon intention. Ils l'avaient intitulé « Voyage d'Arashiyama à Shanghai pour la saison du crabe ». Vingt autres gastronomes m'accompagnaient. J'avais écrit le nom des huit plats sur une feuille afin d'interroger discrètement les trente-six chefs de renom auxquels nous devions rendre visite. Tous ont agité négativement la tête de droite à gauche, accompagnant le geste d'un sourire affligé. Je n'en ai pas été trop étonné car il me paraissait assez clair que ces recettes étaient le produit de l'imagination de Tanizaki.

Ce n'est que plus tard, lors d'un voyage à Pékin, que j'ai compris que les recettes 3) *Becquets aux crachats d'eau de jade*, 4) *Poires des neiges, pétales et écorces* et 7) *Velouté de cygnes du ciel* figuraient dans un livre ancien de cuisine chinoise.

Le troisième plat – *Becquets aux crachats d'eau de jade* – est une soupe de nids d'hirondelle. Ces crachats d'eau de jade désignent la salive que les pétrels et autres oiseaux de mer crachent au flanc des falaises pour confectionner leur nid. Les becquets, ce sont des becs. Il s'agit donc d'une soupe proche de la soupe de nids d'hirondelle. Cette dernière a une couleur d'œuf alors que la nôtre est d'une blancheur immaculée.

Le quatrième plat – *Poires des neiges, pétales et écorces* – est un sorbet de poire, ou plus exactement de sève congelée de poirier qui se déguste en y prélevant de petites grattures.

Le septième plat – *Velouté de cygnes du ciel* – est une soupe d'oie. L'oie sauvage est le cygne du ciel. Et le « velouté » en question signifie que ce plat a une consistance proche de la bouillie. Tanizaki avait donc introduit dans ces recettes imaginaires quelques éléments tout à fait réels, sans doute pour doter l'ensemble d'un certain coefficient d'authenticité !

Cette transformation du chou compoté au jambon *(katai-hakusai)*, plat extrêmement courant dans la cuisine chinoise, est typique de la manière de procéder de Tanizaki qui ne peut jamais se contenter de s'en tenir à la recette. Je présume que les caractères chinois servant à écrire *katai*, littéralement « cuisse chaude », lui auront évoqué la tiédeur des jambes d'une femme tandis que ceux pour écrire « chou blanc », *hakusai*, lui auront suggéré, par contraste, la blancheur et la froideur de doigts féminins. Dans le même ordre d'idées, le troisième plat – *Becquets aux crachats d'eau de jade* – est le produit d'une association d'idées liant le mucus d'une simple hirondelle à la salive d'une princesse chinoise. Il est vrai que l'imagination s'enflamme dès la simple contemplation des caractères désignant la mystérieuse « eau de jade » !

Le quatrième plat – *Poires des neiges, pétales et écorces* – pourrait faire songer à la préparation du *mòlì tâng* compilée dans le *Yǎng xiǎo lù*, traité culinaire de la dynastie Qing. Il s'agit d'un thé à base de fleurs de jasmin servi dans une tasse à couvercle, dont l'intérieur abrite un badigeon de miel. On place des fleurs de jasmin cueillies du matin au fond de la tasse avant de remettre le couvercle. On attend trois heures avant de verser l'eau chaude sur les fleurs afin d'obtenir une exhalaison d'une finesse incomparable. Les Chinois excellent dans la cuisine de parfums de fleurs.

En s'inspirant du procédé à l'œuvre dans la recette du *kôrai* de femme, nous pourrions envisager un dessert consistant en un sorbet aux parfums de fleurs qui serait enduit comme un voile de soie blanche sur la peau d'une femme entièrement nue. Le corps de cette princesse doit impérativement évoquer la blancheur fraîche de la porcelaine.

Des œufs durs de tourtes entrent dans la composition du mystérieux plat numéro un. Personne ne sait exactement ce que sont les tourtes. Le *Grand Dictionnaire des idéophonogrammes sino-japonais* indique que le caractère servant à désigner cet oiseau est un dérivé vulgaire du caractère du « pigeon ». J'en conclus que nous serions donc plutôt en présence d'œufs de cailles. J'ai songé un instant à nos *onsen-tamago* mais il me semble difficile d'affirmer que ces œufs-là relèvent du répertoire de la cuisine chinoise ou qu'un gourmet de la trempe du comte G. ait pu en raffoler… J'ai également repensé au bain au curry que j'évoquais dans le premier volume de mes *Carnets de table d'un amateur de cuisine japonaise.* Mon bain au curry a la propriété de réchauffer le corps en profondeur tout en diffusant une excellente odeur, à condition de jeter une bonne dose de poudre de curry dans l'eau chaude. Je suppose donc par association d'idées que le *chaud d'œufs de tourtes* est une recette consistant probablement à emplir une baignoire d'œufs de cailles, à réchauffer ce mélange avec une eau bien chaude et à s'y plonger soi-même !

Les recettes proposées par le comte G. dans le *Banquet des gourmets* ne se résument pas à des plats destinés à être goûtés uniquement de la langue et du palais. Elles appellent la participation de tous les sens afin de générer l'expérience *orchestrale* dont il était question plus haut. La cuisine se consomme aussi par l'épiderme. Tout corps immergé dans une soupe d'œufs devient l'un des ingrédients du plat, à l'instar (oserais-je) du morceau de viande du *sukiyaki* plongé dans un ramequin d'œuf battu. Extirpé d'un *chaud d'œufs de tourtes,* ce corps à présent luisant et brillant ne manquera pas d'exciter le dévorant appétit du comte G., y compris si cet appétit devait se porter sur son propre corps !

La nouvelle de Tanizaki livre un indice concernant la *Fontaine de raisins,* plat figurant en second sur la liste. Le comte G., qui s'est discrètement introduit dans le bâtiment de style occidental où se tient le fameux banquet, assiste à l'apparition d'un aliment qui paraissait « jaillir » d'une fontaine « … et retombait dans la vaisselle après avoir été expulsé comme un jet d'eau ». Tanizaki évoque un dispositif semblable à une fontaine de jouvence, d'où s'échappe inépuisablement un jus de raisin, plus certainement du vin ! Connaissant le comte G., il n'est guère difficile d'imaginer que cette fontaine est la sculpture en verre d'une jolie femme nue, couchée sur le dos, les genoux relevés et les jambes écartées. Le liquide dont il est question s'échappe ainsi de la partie secrète de cette anatomie de verre. Gageons que ce vin, patiemment affiné à l'intérieur du corps de notre princesse, est un nectar supérieur au moment de son expulsion. Je rêve de cet extravagant procédé, à la condition de pouvoir contrôler le débit dudit vin...

Selon certains, le cannibalisme serait le comble du gourmet. Ceux qui soutiennent une pareille thèse ignorent le goût des choses. Il est certain que le gourmet, y compris le plus désireux de goûter à un aliment proche de la chair humaine, ne se fera jamais cannibale. Le gourmet est certes un rêveur, à l'image de notre comte G., mais il garde les pieds sur terre.

Ceci dit, intéressons-nous à notre cinquième plat : *Lèvres braisées.* Celui qui, à la lettre, imaginera des lèvres de femme grillées n'entend rien à la cuisine ! La cuisine chinoise ancienne a inscrit à son répertoire un effrayant *táozi yuán.* L'appellation signifie littéralement « pleurs d'enfant-pêche ». Mais il s'agit en réalité d'une racine de ginseng qui, plongée tout entière dans un bouillon, peut évoquer par sa ressemblance le corps potelé d'un bébé.

De quoi ces lèvres braisées sont-elles la métaphore ? Ici se trouve la clé de l'énigme. J'imagine une préparation à base de poivrons rouges ou de tomates car les plats pouvant faire songer à la chair humaine, tels nos « pleurs d'enfant-pêche », sont souvent à base de légumes. On essaie de nous faire croire à de la viande humaine uniquement pour nous effrayer alors qu'ils ne contiennent le plus souvent aucune chair animale, fût-ce de poisson.

La peau de la tomate mûre, cuite ou grillée, a tendance à plisser et pourrait évoquer des lèvres de femme. Ces *lèvres braisées* sont probablement de simples petites tomates passées au sel et cuites sur un tapis de charbons ardents.

Il existe une recette permettant de goûter l'haleine d'une femme sur le modèle du porridge de poisson tant apprécié pour ses rots. Il faut en premier lieu alimenter la jolie personne de piments extra forts. Le feu du piment imprégnant la langue, on embrassera cette bouche à pleines lèvres en y glissant la sienne avant que la chaleur du piment ne se dissipe. Il est important de s'être brossé consciencieusement les dents avant le baiser et de ne surtout jamais utiliser de pâte dentifrice, tant le parfum de celui-ci est tenace. Ce baiser sera consommé avec la bouche bien éclaircie, mais neutre, afin d'apprécier pleinement et le piment extra fort sur la langue de la femme et la chaleur irradiant ses lèvres au point de croire qu'elles ont été cuites. On profitera alors de cette haleine mêlant piment lingual et chaleur labiale. Quant à moi, c'est Akiyoshi Kumiko que j'aimerais embrasser. Ou Marina Vladi. En réalité, peu importe la partenaire pourvu qu'elle soit à votre goût. Cet hallucinant plat à base d'exhalaison féminine se prépare donc ainsi.

Notre plat numéro six – *Gelée de papillons* – est, comme son nom l'indique, un mijotage de papillons.

Si le *feigwon* est un aliment à base de poumon de porc mitonné dans une marmite, le *pigwon,* quant à lui, à base de jambon chinois, est un aliment dorloté.

Les insectes colonisateurs des arbres entrent dans les habitudes culinaires de la Chine du Sud. On les apprécie, à l'instar des ailes de moucherons cuites à la vapeur, sur tout ce littoral. On ne consomme cependant que le thorax de ces insectes. Je mange au printemps les petites chenilles envahissant les cerisiers en les faisant revenir dans une poêle. Comme elles ne s'attaquent qu'aux jeunes pousses, on finit par les confondre avec elles. Leur fibreuse finesse lorsqu'on les croque avec les dents de devant est singulière car leur corps est entièrement gorgé des fibres des feuilles qu'elles ont grignotées. Je préfère ces chenilles-là aux feuilles de cerisier enveloppant nos *sakura mochi.* A noter qu'il est important de les passer à la poêle car les soies dont les chenilles sont couvertes sont légèrement piquantes.

Je songe à un consommé ou à de la confiture comme une extension possible de ma recette de chenilles de cerisier. Nous obtiendrons ainsi de la gelée de chenilles. Il est indubitable que tenir « chenilles » pour « papillons » répondait au sens esthétique particulièrement développé du gastronome cultivé qu'est le comte G.

J'en viens maintenant à notre dernière recette. *Tôfu lapis-lazuli.* Le lapis-lazuli est évidemment un cristal de roche. Ce faisant, on imaginera quelque dessert, probablement proche du *kyônin tôfu* sucré, confectionné à base de *kyônin,* qui est la graine blanche située à l'intérieur du noyau de l'abricot. *Nin* désigne en effet le « cœur », autrement dit le cœur du noyau, et elles ont d'ailleurs curieusement la forme d'un cœur ! C'est en pillant ces amandes qu'est produite la farine à partir de laquelle s'obtient le *kyônin tôfu*, tant son aspect rappelle le tôfu.

J'imagine donc que ce tôfu lapis-lazuli est un tôfu de larmes de jolie damoiselle. Prenez une femme ravissante. Faites-lui la lecture d'une déchirante histoire d'amour. Récupérez discrètement ses pleurs (qui auront à n'en pas douter la transparence et la pureté du cristal) et mêlez-les à la farine de *kyônin* ! Si vous lisez *Le vent se lève* de Hori Tatsuo à votre belle, ses larmes auront le goût du roman. La lecture de *La ballade de l'impossible* de Murakami Haruki ou de quelques romans de cette veine vous permettra d'obtenir des pleurs en quantité suffisante et toute une variété de goûts. Attention ! Toute erreur peut aussi être fatale. Evitez absolument les ouvrages de Yumemakura Baku ou d'Abe Jôji. Le goût de ces larmes-là serait bien trop salé. Or, trop de sel tue le goût. Tenez-vous-en à la lecture d'histoires d'amour si votre souhait est de récolter des larmes dignes de servir d'ingrédients. Moi, c'est aux larmes d'Akiyoshi Kumiko que j'aimerais goûter.

Voilà. Je pense résolu le mystère des huit recettes du comte G.

Je reconnais volontiers que la qualité de mes élucubrations est incomparablement médiocre comparée aux trois recettes données par Tanizaki dans sa nouvelle. Je ne pense toutefois pas être pourvu d'une imagination moins riche que la sienne et je ferai remarquer à ma décharge que Tanazaki ne s'est réellement creusé la cervelle que pour énoncer le nom de ces huit plats. La puissance de son imagination ne s'est exercée qu'à propos des trois recettes dont la nouvelle offre une description et de la dénomination de ces huit autres plats. La cuisine de Tanizaki est fictive. C'est, pour ainsi dire, une cuisine mensongère. Ce ne sont qu'habiles alignements de mots laissant accroire à son lecteur que ces plats relèvent d'un obscur et mystérieux art culinaire. J'avoue m'être laissé prendre à son piège mais c'est aussi la raison pour laquelle je pense être parvenu à imaginer ce que pouvaient être ces huit recettes.

L'enseignement à tirer de cette expérience est que le plaisir en cuisine consiste à accepter de se laisser mystifier jusqu'à l'hébétude par les tours de prestidigitateur d'un Tanizaki. J'aurai également appris que tout l'or de l'art culinaire se nichait au cœur du labyrinthe de la fiction : plus un plat contient de mensonges, meilleur il sera !

Qu'est-ce qu'un *manjû* ?

Le *sakamanjû* figure probablement sur la liste des pâtisseries en voie de disparition.

Ce que j'aime en lui, c'est sa texture légère et son goût de chaleur lorsqu'on le tire tout luisant du panier à vapeur. C'est littéralement un bain chaud que vous avalez. Ce *manjû*-là, on ne le mange pas, on s'immerge en lui ! Vous pénétrez dans une étuve nommée *manjû*. Ces petits pains au saké libèrent un parfum d'*amazake* qui s'insinue en vous dès que vos dents en percent la surface tendre. Je me souviens d'en avoir acheté sept d'un coup avec l'argent de poche qu'un oncle de Hamamatsu m'avait un jour glissé dans la main. J'étais alors en première année de collège. Je courus aussitôt me réfugier sur la digue bordant la rivière Tamagawa. C'était au début du printemps.

Un *sakamanjû*, c'est une bouffée de joie, c'est un frisson chaud grimpant le long de la colonne vertébrale. J'avais senti mon sang bouillir en achetant ces sept *manjû*. Cela ne m'était jamais arrivé. Je n'avais pu rester en place et je m'étais mis à courir, des miettes virevoltaient autour de moi, tout en me demandant si ce que j'avais fait était bien raisonnable. Ah, le plaisir de mâcher à pleine bouche un *sakamanjû* tout en se carapatant !

J'en avais enfoncé un dans chacune de mes poches. Un dans la poche droite et un autre dans la gauche du pantalon. Deux dans les poches arrière de ce même pantalon. Deux encore dans les deux poches de mon blouson… qui nous font six ! La chaleur des *manjû* à peine tirés du panier à vapeur traversait le tissu et réchauffait mon corps. Je sentais une chaleur sucrée irradier mon dos comme les font les ultimes rayons de soleil au crépuscule. Cette nuit-là, je fis réchauffer mon dernier *sakamanjû* et l'emportai dans mon futon en guise de bouillotte. Je m'endormis en le tenant dans mes bras.

Les *sakamanjû* se font de plus en plus rares. Autrefois, il était courant d'apercevoir devant les boulangeries des étuves fumantes où cuisaient des *manjû*. Les enfants d'aujourd'hui n'aiment plus ça. Sans doute parce que le *sakamanjû* a un goût vieux.

C'est un peu la même chose pour les « *manjû* de funérailles ».

Il n'y a pas si longtemps, on en offrait lors d'un décès et les enfants se réjouissaient à l'annonce d'un deuil dans le voisinage. Une chanson qui fut un temps à la mode[1] annonçait : *Sôda mura no sôda soncho, sôda nonda shinda sôda, soshikimanjû okii sôda. (Il paraît que monsieur Sôda le chef du village a bu du soda et qu'il en est mort. Il paraît que les manjû pour ses funérailles sont gros.)* La tradition voulait que la famille endeuillée offrît des *manjû* aux enfants.

1. Chanson populaire d'après un poème de Sakata Hirô (1925-2005), reposant sur un jeu de mots entre le japonais *sôda* (il paraît que), le nom de famille Sôda et le soda (boisson).

Moi, j'avais l'habitude de les manger en me cachant dans un placard. Je m'enfermais dans cet espace clos pendant une heure, immergé dans de propices ténèbres pour les avaler. Je me souviens que ces *manjû* étaient froids et durs comme les cailloux utilisés comme pierres de poids pour la préparation de la saumure. En y repensant, je crois que cela me plongeait dans une humeur à la Rikyû : ce placard était ma cabane à thé en paille et en roseaux.

Certaines histoires de *manjû* font peur. L'une d'elles s'appelle *Le manjû sanglant.* On la trouve compilée dans le *Junkyô undan (Histoires nébuleuses de l'ère Junkyô).* Un brigand de grand chemin s'en prend à un couple de vieillards et finit par les tuer sauvagement après leur avoir dérobé quelques objets en or. Le brigand se réfugie dans un sanctuaire shintoïste pour y passer la nuit. Il aperçoit des *manjû* déposés en offrande sur l'autel des dieux. Ces *manjû* sont si appétissants qu'il ne peut s'empêcher d'y toucher. A peine y a-t-il enfoncé les dents que du sang humain gicle du petit pain. Le vieil homme que le gredin avait froidement assassiné était un marchand de *manjû* qui, chaque jour, offrait au sanctuaire les plus frais de ses gâteaux.

Kobanmanjû compilé dans le *Tokusa zatsuwa (Bavardages de Tokusa)* est un récit plus réjouissant. Un paysan pauvre, profondément pieux, mange un des *manjû* déposés en offrande devant un Jizô. De ce *manjû*, il sort une pièce de monnaie. Un autre paysan, pauvre également mais mauvais croyant, l'imite en mordant à son tour dans un de ces *manjû.* La gâterie cette fois est fourrée de cailloux et il s'y abîme les dents.

Dans la même veine que *Kobanmanjû*, nous avons aussi l'histoire du *doromanjû* compilée dans le *Senninsô*. Un ermite retiré dans les monts Oû était la risée des habitants des environs. On racontait qu'il mangeait de soi-disant *manjû* fourrés de boue. Or, ces *manjû* que tous croyaient à la boue étaient en réalité remplis d'un mélange de champignons *shiitake* et de champignons *maitake* que l'ermite cueillait dans les montagnes. C'était même le secret de sa longévité car le vieil homme vivait depuis plus de mille ans et personne ne le savait !

Le *manjû* fait peur car on ne sait jamais ce qu'il peut contenir. Une pièce de monnaie ? Des cailloux ? La farce dépend du bon plaisir de celui qui les cuisine !

Un *manjû* ressemble en soi à un petit colis. On pourrait croire que la « peau » qui l'enveloppe est un *furoshiki*. Il est impossible de savoir ce qu'il contient sans le défaire. Le *manjû* est donc un mets mystérieux. Extérieurement, il est d'une blancheur aussi troublante qu'une noble princesse enveloppée d'un kimono blanc. Mais que dissimule cet habit ? Un corps ferme ? Une chair voluptueuse ? Là encore, il faudra débarrasser la noble personne de son habit pour le savoir. Comparé à la pâtisserie occidentale surchargée de décorations vives et colorées, le *manjû* serait une robe de soirée bon marché. Extérieurement joli mais lorsque la robe aura été déposée, cela aura probablement le goût du pancake.

Le *manjû* est modeste. Le trésor qu'il contient parfois est dissimulé sous une enveloppe opaque. L'observation ne donne aucune indication. Impossible de savoir si c'est bon ou mauvais avant d'y avoir goûté, d'autant qu'il peut se révéler cruel sous cet aspect modeste. Une pièce de *rakugo* intitulée *Les manjû de la peur* met en scène un personnage affirmant mensongèrement à son compère qu'il a peur des *manjû*, dans l'espoir que l'on n'hésitera pas à l'abandonner seul avec ceux qu'il a sous les yeux pour le tourmenter et qu'il pourra ainsi les avaler sans avoir à partager ! La suite du récit porte sur une soi-disant « peur du thé », avancée pour une raison similaire. Je crois cependant que le ressort fondamental sur lequel jouent ces histoires est que le *manjû* reste un mets inquiétant.

Le bouddhisme a transmis le *manjû* au Japon. C'est le moine Rinjôin arrivé de Chine et venu s'installer au Japon à l'époque Nanboku-chô qui les y aurait fait connaître. Le moine naturalisé japonais s'installa à Nara et démarra un commerce de *manjû* qu'il alla vendre ensuite à Kyôto. Le sanctuaire Manjû-jinja situé à Nara dans la ruelle Hayashiya abrite un monticule dans son jardin, appelé « mont Petit-Pain ». Une fête du *manjû* y a lieu chaque année.

Les *manjû* chinois sont essentiellement fourrés à la viande. Or, les moines japonais de l'époque répugnaient à en manger. Rinjôin les adapta au goût japonais et prit l'habitude de les fourrer avec une pâte de haricots rouges. Il déménagea à Kyôto à la fin de la guerre d'Onin pour y développer ses affaires et ouvrit un commerce appelé *Shiose*. Ses *manjû* prirent le nom de *shiosemanjû*. La boutique *Shiose* existe encore de nos jours.

Plus tard, un marchand de *manjû* nommé Toraya ouvrit un atelier à l'ouest du palais impérial de Kyôto. *Toraya* est actuellement connu pour ses *yôkan* mais il vendait jadis des *manjû* dans la rue partant vers l'ouest à partir du palais, d'où l'origine du nom du quartier, *Tachiuri,* qui signifie littéralement « vendre debout ».

L'époque Muromachi voit l'apparition de *manjû* aux légumes et connaît la mode du *manjû* sucré.

L'époque d'Edo est témoin de nouveaux *manjû* et de nouvelles pratiques concernant aussi bien l'enveloppe que le contenu. On incorpore du taro râpé dans la pâte. Cela donne le *jôyomanjû.* Avec de la farine de sarrasin, ce sont des *sobamanjû.* Les *gyûhimanjû* sont enrobés dans une pâte contenant une variété de mochi appelée *gyûhi.* Il y a de la racine de *kuzu* dans les *kuzumanjû,* et ainsi de suite. Le *manjû* se décline bientôt sous des formes de plus en plus variées. On en vend partout dans Edo. On consomme surtout de plus en plus de *manjû* sucrés.

Comment confectionner chez soi des *sakamanjû*?

Faites réchauffer de l'*amazake* et mélangez-le à de la farine de blé. Laissez reposer la préparation deux heures environ. Lorsque la pâte a monté, découpez-la et étalez-la. Puis enveloppez avec cette pâte de la purée de haricots rouges (celle vendue en conserve est parfaite). Placez vos *manjû* sous le *kotatsu.* Il faudra être prudent et veiller à ne pas les piétiner en installant ses jambes sous la table chauffante. Il ne restera plus qu'à les faire cuire à l'étouffée dans un panier à vapeur lorsqu'ils auront suffisamment augmenté de volume. Et puis, tant qu'on y est, pourquoi ne pas confectionner un *manjû* de la taille d'un petit oreiller ?

La saveur du *manjû* réside aussi dans l'enveloppe. Même chose avec les *manjû* chinois à la viande, les *jiăozi,* les *shaomai* ou les *wantan.*

Je m'autorise une petite digression pour vous communiquer la recette des *wantan.*

Mélangez avec de l'eau pour moitié de la farine de blé dur et de la farine de blé tendre. Malaxez jusqu'à obtenir de petites boules de pâte. Les placer dans un linge au réfrigérateur pendant environ une heure. Les aplatir ensuite en les saupoudrant de farine afin d'obtenir une « feuille » de pâte la plus fine possible. Y découper des ronds, au moyen d'un couvercle de boîte d'algues *nori*, par exemple. On utilisera ces feuilles comme pour les raviolis. La seule différence est que pour les raviolis, les feuilles doivent être plus épaisses. Les *wantan* et les *jiǎozi* que l'on prend la peine de faire soi-même sont incomparablement meilleurs. Je recommande d'éviter les feuilles vendues dans le commerce. Pour la farce, mélangez de la viande de porc hachée, de l'oignon haché, du jus de gingembre pressé, un peu d'huile de sésame. Déposez cette farce dans les feuilles et plongez le tout dans un bouillon de poule chinois. J'aimerais que vous interrompiez ici votre lecture pour vous rendre en cuisine y pétrir la pâte afin de pouvoir être prêts à déguster vos *wantan* aussitôt la lecture de ce texte achevée !

Fin de la digression.

Revenons à la préparation des *manjû* chinois. Dissoudre de la levure sèche dans un peu d'eau tiède et laisser agir. Verser une mesure de farine de blé dur pour trois mesures de farine de blé tendre. Bien malaxer pour obtenir une boule. Introduire sucre et saindoux et continuer à pétrir pour obtenir une pâte ayant la consistance d'un lobe d'oreille entre vos doigts. Placer le tout au *kotatsu.* Eviter, comme pour les *sakamanjû*, tout mouvement inconsidéré des pieds. Laisser reposer environ une heure. La viande hachée de porc est l'acteur principal de cette farce mais il est possible d'y ajouter à sa convenance des pousses de bambou préalablement bouillies, des champignons *shiitake*, du poireau, etc. La cuisson est achevée lorsque la peau du *manjû* devient luisante. Elle doit être légèrement transparente et permettre discrètement d'apercevoir la farce.

Dans un restaurant populaire de Shanghai et au prix d'une longue attente, j'ai eu l'occasion de manger des *shôronpô* fourrés uniquement d'un bouillon, d'un bouillon absolument inoubliable. J'ai essayé plusieurs techniques pour obtenir de tels *manjû*, avec une seringue en plastique en injectant du bouillon en lieu et place de la farce, ou encore en enrobant de pâte un bouillon dont j'avais laissé préalablement durcir la graisse. Ce dernier procédé est d'une simplicité déconcertante.

Un procédé similaire sera adopté avec profit pour la préparation du *manjû* à la soupe d'ailerons de requin ou du *manjû* à la soupe de nids d'hirondelle. Je sens frétiller mes papilles à la seule idée de *manjû* brillant d'éclats mordorés dans la lumière du matin.

Toujours selon le même procédé, on pourra fourrer le *manjû* de soupe de courge cireuse, de bouillon de crevettes ou encore d'un bouillon de pétoncles. Et tant qu'on y sera, pourquoi ne pas imaginer un *manjû* gorgé de soupe au miso ? Le *butajiru* serait probablement la variété de soupe au miso la mieux adaptée. Le *manjû* aux champignons *nameko* serait aussi quelque chose de pas franchement mauvais avec des morceaux de daikon en julienne, des algues *wakame* et du poireau. L'amateur que je suis est insatiable de nouvelles découvertes. Je voudrais préparer un *manjû* au miso capable de mettre à genoux feu le moine Rinjôin! La recette est facile. Il suffira de congeler de la soupe au miso et d'en faire des boulettes avant d'en farcir la raviole…

Un *manjû* au *hôjicha*? Parfait en dessert. Comment refuser un *manjû* au thé Oolong? Qui sait si un *manjû* au thé noir au citron ou au thé vert léger ne ferait pas non plus notre affaire?

Deux révolutions sont nécessaires pour parvenir à confectionner ces *manjû* gorgés de soupes diverses ou de bouillons. La première est d'en réduire la taille à la dimension d'une bille de billard électrique, soit un diamètre d'environ trois centimètres. Il faut pouvoir n'en faire qu'une bouchée afin de ne pas risquer ce que j'appelle un « écoulement de soupe ». La seconde révolution est d'employer des feuilles de pâte les plus fines possible. Si fines qu'on apercevra le liquide à travers. Aussi fines et transparentes que le film plastique faisant la peau des *marimo yôkan* d'autrefois. Si fines que la pointe d'un cure-dent suffisait à les faire exploser! La surface du *manjû* doit conserver une certaine fermeté tout en étant fine et transparente, y compris lorsqu'il est gorgé de bouillon. La peau devra être extra fine et fondre en bouche comme neige au soleil… Pour réaliser un *manjû* à la soupe au miso, on utilisera de la farine de riz plutôt que de la farine de blé afin de lui donner le doux parfum sucré du riz.

Miam! Me voici d'une humeur à la Tanizaki Jun'ichirô du *Club des gourmets*, lorsqu'il entraîne ses lecteurs dans les ramifications d'un labyrinthe culinaire sans issue. Le *manjû* à la soupe transcende le concept de *manjû* tout en restant *manjû*.

Il arrive lors d'une commande de *manjû* dans un restaurant populaire chinois que la viande tombe brusquement de la raviole alors qu'on n'en a mangé que la moitié… Il est possible de replacer illico le bout de farce dans la cavité libérée. Vous remarquerez que cette moitié à demi croquée est délicieusement attendrissante et songerez silencieusement que l'acte de remettre en place (d'un air dégagé) ce bout de viande dans la raviole est comparable à l'action (certes plus fastidieuse) de raccompagner chez elle en taxi une femme mariée et ivre. « Tout compte fait, n'est-ce pas mieux ainsi ? », vous dites-vous avec le sentiment du devoir accompli lorsque le morceau de viande réintègre son logement, fût-ce pour le tremper aussitôt dans une sauce soja moutardée ! Il peut effectivement se produire que par distraction, vous avaliez tout entier le morceau chu sans prendre le temps de le replacer. Quel désespoir ! Quel dégoût de soi-même soudain vous envahit…

L'enveloppe creuse du *manjû* privé de sa part de viande ressemble à une caverne où stagne encore un peu de jus de viande et résonne l'absence de chair. Vous avalez alors un *manjû* à la viande sans viande.

La viande d'un *manjû* confectionné avec une viande de qualité supérieure, tel le *baozi* du Sichuan, ne durcit jamais, y compris après un passage à la vapeur. Elle se disloque facilement mais sans risque de chute brutale ou de produire quantité de mini-boulettes de viande. La méthode pour s'éviter une telle déconvenue sera, au choix, de remplir de soupe le *manjû* ou bien d'utiliser des ingrédients auxquels on n'a traditionnellement pas recours. J'aimerais essayer une farce à base de *mâbôdôfu*. Ou de sauté de chou de Chine, pousses de bambou et champignons *shiitake*. Nous obtiendrions une sorte de *manjû* aux légumes dans la pure tradition japonaise. Un mariage poivron et poireau ne devrait pas être non plus mauvais. Un léger apport de saumon salé aussi. Du jambon chinois mitonné. Une soupe à base de *junsai*! Un mélange de *kinpira gobô*! Bulbe de lis ! Aubergine frite ! Le secret de la bonne cuisine chinoise réside dans le choix des ingrédients de la farce.

Je recommande d'incorporer des champignons de montagne dans la préparation des feuilles de pâte à base de farine de blé, à l'instar du *manjû* de notre ermite. Que diriez-vous d'un *manjû* dans la peau duquel on aurait incorporé de l'ormeau cuit à l'étuvé ? Une raviole en *kamaboko* de daurade fourrée au caviar ? Ou bien une raviole en fugu fourrée d'une brouillade de poireaux de Hakata ? Une peau en miettes de sole, farcie aux muscles dorsaux de sole découpés ? Imaginez la création de *wantan* emplis de sang de *suppon*! Vous comprenez maintenant la raison pour laquelle le *manjû* est un aliment effrayant.

Les caractères servant à tracer le mot *manjû* ont d'ailleurs un aspect repoussant. D'où sort cette tête placée en second ? Quelques recherches dans la littérature m'ont conduit jusqu'à Zhuge Liang.

Zhuge Liang conquiert le Sud de la Chine autour de l'an 200. Il parvient jusqu'à la ville de Lushui. Un vent du diable l'empêche toutefois de traverser le fleuve en furie. Au pays des Barbares du Sud, plie-toi aux coutumes des Barbares du Sud, dit le dicton. Un autochtone conseille à Zhuge Liang d'offrir les têtes de quarante-neuf de ses hommes pour apaiser la colère du dieu de l'eau. Zhuge Liang, qui ne peut toutefois se résoudre à sacrifier la vie de quarante-neuf de ses soldats, fait préparer des bouchées de viandes de mouton et de porc finement hachées et les fait envelopper dans des feuilles de pâte à la farine de blé. Il demande que l'on dessine une tête d'homme sur chacune et les offre au dieu. Telle serait l'origine du *mantô,* littéralement « tête de barbare ». Le vent se calme et Zhuge Liang parvient à traverser le fleuve. Le mot *manjû* provient de *mantô* en dialecte *go-on* (dialecte de Shanghai), la prononciation *manjû* est une lecture imposée par l'Ecole du zen.

Le *manjû* étant une tête d'homme, il n'est guère surprenant qu'en gicle du sang lorsque l'on mord dedans. On comprend mieux ainsi l'origine du « *manjû* sanglant » ou du « *manjû* de funérailles ». Ceux à la viande que nous achetons dans le Chinatown de Yokohama pour les offrir en souvenir à nos proches sont en réalité des têtes d'hommes ! (Leur farce est probablement composée de la matière grise de quelques cervelles.)

Le *manjû* est l'une des offrandes les plus symboliques faites par les croyants aux sanctuaires shintoïstes ou aux temples bouddhiques. C'est d'ailleurs la raison pour laquelle on en vend dans tous les lieux touristiques du Japon car l'industrie du tourisme a noué des liens étroits avec ces institutions religieuses. On en tirera aisément la conclusion que les *manjû* sont une manière d'apaiser les esprits courroucés habitant ces lieux.

Des *manjû*-tunnels ont été mis en vente après l'ouverture récente du tunnel Seikan permettant le passage entre l'île de Honshû et celle de Hokkaidô. Ceux-là passent pour la spécialité du coin. Ils ont la forme oblongue d'un tunnel, leur enveloppe sombre contient du sucre noir et une phrase du prospectus les accompagnant explique que ces *manjû* sont « le rêve du Super Express émergeant du tunnel ». Je n'ai évidemment pas pu m'empêcher d'éclater de rire en lisant cette phrase, mais je comprends rétrospectivement que ces *manjû* sont en réalité destinés à consoler l'âme des ouvriers morts sur ce chantier qui dura plus de vingt-cinq années…

La veillée funèbre et le repas lacrymal

Le choix des plats à servir lors d'une veillée funèbre *(tsuya)* est délicat.

Quels mets, par exemple, furent proposés lors de la mort de Rosanjin[1], lui qui possédait à un point inégalé l'art de combiner le moment, le lieu et le menu d'une collation ? Ce repas clôtura assurément une existence vouée à la cuisine.

Rosanjin était très affaibli sur la fin de sa vie. Ses meilleurs amis l'avaient abandonné les uns après les autres car c'était un homme insupportable. Je pense qu'il est parti dans la plus complète solitude. Il ne devait pas y avoir grand monde à ses funérailles et on aurait probablement pu l'entendre protester au sujet du repas que l'on y servit : « Que me sert-on là ? »

Non, la veillée fut sombre, triste à en mourir, et il n'y eut certainement rien à manger. En réalité, je n'en sais rien et ne dispose d'aucun moyen de le savoir.

---

1. Kitaôji Rosanjin (1883-1959) : peintre et céramiste japonais, épicurien, inventeur du mot *bishoku* (gastronomie).

Il y a quelque temps, un de mes amis a perdu sa femme. Cet ami tient un restaurant de sushis. Toute sa brigade de cuisine a débarqué chez lui (le *tsuya* avait lieu à son domicile) et les chefs ont improvisé un buffet-comptoir derrière lequel ils préparaient des sushis devant tout le monde. Toute l'équipe avait revêtu des tenues noires. Cela donnait l'impression d'assister à un banquet de mafieux ou de quelque société secrète. Mon ami avait à cœur d'offrir à ses hôtes ses meilleurs sushis.

« Quand je crèverai à mon tour, vous placerez le *kamikaburi* sur mon front et vous me ferez faire des sushis ! C'est pas une bonne idée, ça ? » disait-il en poussant la vantardise.

Sa femme était restée alitée pendant une année avant de mourir. Dans son testament, elle souhaitait la présence de ses amis et une veillée funèbre joyeuse. Elle n'avait que quarante-trois ans. Mon ami s'était exécuté et, pleurant à chaudes larmes, disait : « Mangez, s'il vous plaît. »

Tous les membres de la brigade de cuisine avaient aussi les yeux rougis par les larmes et roulaient les sushis. Au début, personne n'avait très envie de manger. Puis une voisine du quartier déclara : « Bon appétit ! »

Elle se servit et toutes les autres femmes se mirent à l'imiter en s'approchant du buffet-comptoir.

« Hum ! Excellent !

— Je n'en mange jamais, il aura fallu cette occasion…

— On ne plaint pas le wasabi ici, ça fait pleurer ! »

La fumée de l'encens s'élevait en volutes à côté des sushis. Un retardataire était en train d'accomplir le rituel du *shôkô*[1] et de marmonner une prière. Mon ami s'occupait de lui tout en essayant de ravaler ses larmes. C'était un spectacle réellement étrange par-dessus lequel flottait le parfum solennel des fleurs de chrysanthèmes.

Je m'étais abstenu de manger jusqu'alors. Mais la faim était là et lorsqu'un plateau où étaient présentés des sushis de thon, de *kohada* et de sole commença à circuler dans l'assistance, j'en attrapai quelques-uns. Ces sushis fondirent dans mon estomac. En goûter un, c'était avoir envie d'en avaler d'autres.

Sur ce, un facétieux vieillard avait fait son apparition.

« Il faut être joyeux ! Réjouissons-nous ! » disait-il en remplissant les verres de saké.

Le buffet s'anima. J'avoue que je ne savais trop que penser. Etait-ce bien ? Etait-ce mal ?

J'entendis maugréer dans la pièce voisine l'oncle de la défunte :

« On se sert pas d'aliment cru lors d'une veillée funèbre dans le Kansai !

— Mais dans le Kantô, ce sont des sushis ! »

Voilà à peu près ce que cet oncle disait et ce que quelqu'un lui répondait.

C'est vrai, me dis-je alors, me souvenant qu'on ne m'avait jamais proposé de poisson cru dans la région du Kansai lors des veillées auxquelles j'avais participé. C'étaient plutôt des plats mijotés, essentiellement des racines de lotus, des haricots verts, du *konnyaku*, des champignons *shiitake*, des ignames et des pousses de

1. Ce rituel consiste à pincer à trois doigts de la poudre d'encens et à l'élever à hauteur des yeux avant de la laisser tomber dans le brûleur posé sur l'autel lors d'une veillée funèbre.

bambou, des bolets, de la patate douce. Ou encore, de l'omelette, des boulettes de riz, du jambon, du *takuwan*, des saucisses. Ces plats ne venaient pas de chez un traiteur mais étaient souvent préparés et apportés par des voisines, ce qui contribuait d'ailleurs à la tristesse du moment. Car ce n'était ni bon ni mauvais. Cela avait peu de saveur, ou une saveur fugace quoique réconfortante.

Parmi ces plats, je me souviens d'un *kôyadôfu* mijoté particulièrement excellent. Ce tôfu pressé sous la dent exprimait un suc triste et mélancolique aussi long et profond qu'un sanglot. Comme si une âme s'échappait fugacement de cette texture spongieuse. Probablement la meilleure chose à servir lors d'une veillée funèbre !

Je crains de ne pouvoir jamais parvenir au terme de la liste des plats qui ne conviendraient pas en pareilles circonstances. Caviar, foie gras, terrine de canard, œufs de saumon, soupe d'ailerons de requin. Rien de tout cela ne convient. Le *katsudon* non plus. Celui qui en mangerait lors d'une veillée serait tenu pour un individu dépourvu de compassion. La cuisine française reste évidemment hors sujet. Imaginez votre embarras si l'on venait vous demander tandis qu'un prêtre est en train de réciter les sûtras : « Potage ou consommé ? »

Pas plus ne conviennent les *zarusoba* et autres ramen qui obligent à produire avec sa bouche des bruits de succion fort mal à propos. Le steak manque d'élégance. Le hamburger est maussade. Un barbecue produit trop de fumée. Des *takoyaki* ? Non, trop pauvre. Le *surume* se coince entre les dents. L'*ochazuke* oblige également à émettre des bruits de bouche. Le riz aux champignons *matsutake* est beaucoup trop clinquant pour un tel événement. La daurade (avec sa tête) est trop festive. L'*unadon* fait nouveau riche. Le bouillon de porc est trop liquide…

Les plats doivent passer pour ainsi dire inaperçus. N'être la source potentielle d'aucun son incongru, se déguster sans mot dire, mais… de bon appétit.

J'ai demandé à la coopérative de consommation du Kansai, section pompes funèbres, de m'envoyer leur brochure. D'après le document, l'autel le moins onéreux est constitué de quarante-cinq branches de chrysanthèmes blancs, d'une couronne, d'un assortiment de fruits et d'offrandes, et coûte deux cent quatre-vingt mille yens. Le prix de la formule la plus coûteuse s'élève à six cent mille yens et comprend cent cinquante branches de chrysanthèmes blancs, un cercueil biseauté sur cinq faces et une décoration florale pour l'entrée de la maison. L'assortiment de fruits est luxueux : pommes, mandarines, raisins verts, bananes, melons… Le cadeau de retour est, au choix, le paquet de biscuits à deux cents yens, le mouchoir Hanae Mori à cinq cent cinquante yens, le sachet de thé vert à trois cents yens. C'est bon marché parce que c'est une coopérative de consommation. La location d'un vêtement de deuil coûte cinq mille yens pour une femme. Le costume deux pièces homme, quatre mille yens.

Et question cuisine ? me demanderez-vous.

Les repas servis lors du *tsuya* et lors du rite de purification du *shôjin-otoshi* diffèrent. La brochure explique que « le choix de nos articles, leur texture et leur présentation ont fait l'objet d'un soin attentif, fruit d'une longue expérience ».

Ah oui ?

Nous avons donc un assortiment d'*onigiri* et de sushis à quatre mille yens pour cinq personnes. L'assortiment d'*onigiri* comprend quinze unités et il est accompagné de cinq tranches de *takuwan*, de cinq tranches d'omelette roulée, de cinq *shumai*, et de cinq tranches de *tonkatsu* (taillé dans une entrecôte de porc d'une épaisseur de deux centimètres). Les sauces sont conditionnées dans de petits sachets en plastique. Il est donc possible d'avoir du *tonkatsu* ! Il est vrai qu'il n'est ni trop tapageur ni bruyant, je veux dire que le mangeur ne produit aucun son en mordant dans la viande. Cela convient effectivement parfaitement à une veillée funèbre, d'autant qu'on y croise souvent de jeunes enfants. Le spectacle d'un convive en train de verser de la sauce sur un *tonkatsu* froid n'est-il pas poignant ? Et si la sauce vous monte au nez, l'expression de contrition sur votre visage sera fort à propos…

L'acteur principal d'un assortiment de sushis de la région du Kansai est le *norimaki. Umeboshimaki* (rouleau à la prune salée), *takuwanmaki* (rouleau de *takuwan*), *kyûrimaki* (rouleau de concombre). Il existe aussi de bons gros makis comme le *futomaki*, rouleau à l'omelette aux champignons accompagnée de *kanpyô*. Nous avons encore, mais en sushi à proprement dit, le *battera*, sushi de maquereau, plus ou moins vinaigré, le sushi de congre *(anagozushi)*, le sushi de crevette *(ebizushi)*. J'entends encore protester :

« On sert donc de la chair de poisson cru lors de funérailles ! »

Je réponds qu'il ne s'agit pas de poisson cru mais de poisson *cuisiné*. Cela n'a rien de commun avec les sushis de Tôkyô *(edomaezushi)* préparés sous vos yeux.

Tous ces assortiments sont d'une apparence très sobre et ils ne contiennent rien qui puisse être susceptible d'évoquer la fête ou la célébration. Il est étonnant de voir comme les photos de la brochure parviennent à ne susciter aucun appétit, pas le moindre désir gustatif. Elle est très bien pensée, cette brochure ! Il est certain qu'il faut avoir faim pour se laisser tenter. Cela ne s'improvise pas et témoigne d'un certain savoir-faire culinaire.

Un restaurateur de Kyôto fait ainsi sa promotion : « Ici, la cuisine est peu chère et mauvaise. » J'aimerais y manger. Je me demande si la cuisine lors d'une veillée funèbre est larmoyante ou éprouvante ?

Le repas de base servi lors de la cérémonie de *shôjin-otoshi* est à trois mille yens. C'est luxueux. Cela comprend un sashimi de daurade, de thon et de seiche, du crabe, un poisson mijoté, une tempura de crevette et une tranchette de melon. On consomme donc aussi du poisson cru à cette occasion !

Aux Etats-Unis, chacun, dit-on, apporte à manger lors des veillées funèbres. Les participants s'y rendent, qui avec des sandwichs, qui avec des hamburgers, qui avec des pizzas, tartes, du poulet frit, etc. Des fleurs ou de la nourriture (voire les deux), c'est selon. Personne, en revanche, n'offre d'argent (liquide), qui serait considéré, paraît-il, comme un manque de respect pour le défunt. Précisons que les obsèques y coûtent beaucoup moins cher qu'au Japon. Le prêtre est gratuit, le cimetière est municipal. Rien ne s'apparente de près ou de loin au rite du *kaimyô*[1]. Les seuls frais sont les frais de

1. Rite au terme duquel un nom bouddhique post-mortem est attribué au défunt.

cuisine pendant la veillée. Or, nous sommes au pays de la *home party*. On a l'habitude de contribuer en nature. La personne en charge de l'organisation précise d'ailleurs à ses hôtes ce qu'ils doivent apporter pour éviter les doublons. Et là encore, tout le monde a l'habitude.

Il est intéressant de constater que la cuisine américaine accompagne facilement une veillée funèbre. Je songe, entre autres, aux hamburgers ou au poulet frit. C'est sans doute la raison pour laquelle les Américains ont parfaitement conscience que leur cuisine est mauvaise. Les obsèques sont une occasion de tester les talents culinaires de vos voisins. Tous apporteront par exemple des légumes mijotés, mais les manières et les goûts seront tous différents. C'est un phénomène étrange. Chacun de nous a sans doute fait l'expérience de sentir un fumet de poisson (cuit dans la sauce soja) s'échappant par la fenêtre d'une maison voisine en fin d'après-midi. Un parfum dont le secret de fabrication, bien gardé, vous ferait croire qu'on cuisine mieux dans la maison voisine que chez vous. Eh bien, la veillée funèbre est l'occasion de percer de tels secrets et de se rendre compte que le poisson (cuit dans la sauce soja) du voisin est aussi mauvais que le vôtre ! Cela accroît d'ailleurs la tristesse du moment. La veillée est un concours de cuisine de voisinage, l'occasion de réaliser que l'on mange aussi mal dans toutes les maisons du quartier que chez soi !

Mon oncle est mort il y a dix ans. J'ai fini avec son fils sa bouteille de cognac Remy Martin que nous avons accompagné de camembert en guise d'amuse-gueule. Ce Remy était encore plein aux deux tiers. Seuls les membres de la famille (ou les amis vraiment très proches) peuvent se permettre de vider les bouteilles d'alcool laissées par le défunt. Ce sont généralement des choses que l'on ne se permettra qu'en famille. Je suis un grand buveur et j'ai chez moi quantité de bouteilles entamées, whisky, cognac, *shôchû*, saké. Qui se chargera de finir mes bouteilles après ma mort ?

Il arrive aussi qu'une personne décède en abandonnant sa bouteille dans un bar[1]. Qui se chargera de finir la bouteille ? On se le demande, n'est-ce pas ? Le camembert était dans le réfrigérateur de l'oncle...

De nos jours, l'alcool servi lors d'une veillée se limite souvent à de la bière. On voit parfois certaines personnes boire du saké ou du whisky coupé à l'eau *(mizuwari)*. Le saké accompagne merveilleusement la veillée funèbre à la japonaise. Imaginez le tableau. Vous êtes passablement imbibé, les yeux rougis par l'alcool, et vous ne cessez de répéter : « Mais pourquoi fallait-il qu'il meure ? » Voilà qui a de l'allure ! La bière quant à elle rend les ambiances trop festives. La bière, c'est une irrésistible envie de karaoké qui vous saisit. Le tonneau de bière à la pression est à prohiber afin de ne pas risquer de transformer le triste moment en un pique-nique au bord de l'eau à la lueur des lanternes. Le *shôchû* ne convient pas non plus. Des convives en ayant abusé pourraient transformer l'endroit en un champ de bataille semblable à celui où s'affrontèrent jadis Asura et Indra ! Il pourrait arriver qu'un coup de pied perdu atteigne le cercueil et que jamais le défunt ne devienne Bouddha !

1. Allusion à la coutume du *bottle keep*. Un client peut acheter dans certains bars ou établissements de nuit une bouteille conservée par le barman. La formule, économique, permet de fidéliser le client qui peut aussi inviter ses amis à boire à sa bouteille.

On boit beaucoup de vin blanc lors des veillées funèbres américaines. A commencer par ce mauvais vin californien vendu bon marché en grande bouteille. Le vin de glace, Beerenauslese, ou le Romanée-Conti ne conviennent pas. Mais si le défunt était un grand buveur, on boira pour lui les grands vins qu'il a laissés. On se prévaudra alors de la qualité de « compagnon de beuverie » du défunt.

Le champagne ne correspond absolument pas aux circonstances car vous pourriez donner l'impression de fêter la mort du défunt en faisant sauter – *pan!* – le bouchon d'un Dom Pérignon bien frappé. Comment ne pas imaginer alors que vous vous réjouissez de cette disparition... Les cocktails tropicaux ne sont pas plus appropriés, surtout avec une fleur et un parasol en papier surplombant le tout. Je n'ai jamais entendu personne commander un Blue Hawaiian pendant une veillée. Je me demande d'ailleurs ce que l'on boit durant les veillées hawaïennes. A Chicago, les mafieux boivent du Martini! En Union soviétique, on boit de la vodka! Au Royaume-Uni, de la Guiness assurément! En Corée du Sud, du Makgeolli! En République de Chine populaire, du Huangjiu! En Suède? Certainement pas du lait... Ou alors si on boit du lait en Suède, je veux bien, moi, que l'on boive de la soupe de miso au Japon! Bref, les boissons les plus adaptées à la veillée funèbre au Japon sont la limonade Mitsuya-Cider et le jus d'orange Bireley's. Il faut bien secouer une bouteille de jus d'orange Bireley's avant de la boire.

Le *curry rice* est un plat tout à incompatible. Car le curry est un ingrédient requinquant, et la seule perspective d'en manger excite. Je le déconseille. Je recommande en revanche le maquereau en boîte. Le morceau d'arête centrale est croquant sous la dent. Il a le goût diffus de l'inutile. Une légère odeur de poisson se mêle harmonieusement au parfum des encens. La cuisine servie lors de la veillée doit s'accorder avec la lecture des sûtras, les os, les bâtonnets d'encens et les fleurs blanches des chrysanthèmes. Le fumet de l'encens doit pouvoir prolonger celui de l'*onigiri*. Le *gobô* cuit fait parfaitement l'affaire car, en julienne, il ressemble à un bouquet de bâtons d'encens. Il ressemble aussi à un paquet d'os et donnerait presque l'impression de croquer ceux du défunt. Je valide la possibilité de petits taros cuits à l'eau, dont la peau hérissée de poils fera songer aux mollets du défunt. Le parfum de l'encens se mêle adroitement à la chair du taro lorsqu'on le dépiaute de sa pelure poilue pour croquer dedans.

Aux Etats-Unis, on mange des hot-dogs pendant la veillée et ce, avec une bonne quantité de rondelles d'oignon ! Il suffit de placer le hot-dog près des yeux pour que l'oignon fasse venir les larmes, et la tristesse appelant les larmes… vous finissez par pleurer pour de bon !

Il serait possible d'adapter cette méthode au Japon en jouant sur les propriétés du wasabi dans le sushi, ou bien encore avec une portion de petites aubergines moutardées. Voire de flanquer les *shûmai* d'une bonne dose de moutarde. Le piment aussi fait pleurer.

Voilà les pensées qui me traversaient l'esprit en veillant la femme de mon ami. J'avoue avoir beaucoup mangé ce soir-là. Le gingembre mariné que l'on avale entre les sushis était d'une tristesse insondable. J'ai aussi pris subitement conscience de la chose suivante : le geste que l'on fait en trempant le sushi dans la sauce soja avant de le porter à sa bouche ressemble au rite de l'encens lorsque l'on pince à trois doigts la poudre d'encens et l'élève à la hauteur des yeux. J'ai bien dû pratiquer le rite une vingtaine de fois ce soir-là. Tous les participants ont beaucoup mangé. Combien de fois le geste rituel aura-t-il été répété ? C'est en définitive le chef sushi qui oblige ses hôtes à le pratiquer. Peut-être s'imagine-t-il l'objet de l'hommage que ceux-ci pratiquent. Un repas de sushis est un repas de *shôkô.*

La conclusion s'impose : le sushi, qu'il se présente sous la forme de *makizushi* ou d'*edomaezushi,* est le mets le plus adapté à une veillée funèbre.

J'observais le visage de mon ami à la dérobée en cherchant à saisir le fond de sa pensée. Je le voyais verser des larmes en nous invitant à manger. J'ai veillé tard ce soir-là. Avant de repartir, j'ai pris un *norimaki* et je me suis avancé devant l'autel. Je l'ai agité dans la fumée d'encens et je l'ai avalé en une seule bouchée.

Le mystère du renversement du jaune et du blanc dans un œuf dur

La recette du renversement du jaune et du blanc dans un œuf figure dans le *Manpô ryôri himitsu bako (Boîte à secrets des trésors de la cuisine)* dans son édition de l'an 5 de l'ère Tenmei (1785). Ce plat que l'on disait vendu par des marchands ambulants de l'époque d'Edo est un œuf dur à l'intérieur duquel le jaune a pris la place du blanc. Un œuf dans lequel le jaune enveloppe le blanc.

La recette, est-il écrit, consiste à percer une ouverture d'un pouce (trois centimètres) en haut d'un œuf récupéré sous la poule, à le plonger trois jours dans le *nuka* de miso, à le laver ensuite consciencieusement avant de le mettre à durcir.

Ne l'ayant pas constaté de mes yeux, j'ignore si de tels œufs étaient réellement vendus à l'époque. Ce que je sais est que la recette figure dans cet ouvrage merveilleux qu'est le *Manpô ryôri himitsu bako* à la rubrique *Tamago hyakuchin (Cent curiosités d'œufs)* qui propose pas moins de cent trois manières d'accommoder l'œuf. Le lecteur intéressé par la cuisine de l'œuf trouvera une version traduite en japonais contemporain par Okumura Ayao aux éditions Kyôikusha Shinsho. Je lui conseille de se la procurer et d'en tester quelques recettes. Il y trouvera des *beniyaki tamago* (des œufs rouges), *benini nuki tamago* (des œufs rouges mijotés), *yamabuki tamago* (des œufs soufflés de montagne), *hana tamago* (des œufs en fleur), *teika tamago* (des œufs à la Teika Fujiwara), *rikyû tamago* (des œufs à la Sen no Rikyû), *genji tamago* (des œufs Genji), *awayuki tamago* (des œufs neige de printemps), *tamago miso* (des œufs au miso), *matsukaze tamago* (des œufs parfumés aux graines de pavot), *marugumo tamago* (des œufs ventripotents comme nuages ronds), *botan tamago* (des œufs pivoines), *tamago ranpakugayu* (des œufs en bouillie blanche), *fuyu negi mushi tamago* (des œufs vapeur aux poireaux d'hiver), *shisotsuke tamago* (des œufs marinés au shiso), etc. Les seules appellations de ces plats font saliver l'amateur de cuisine que je suis et laissent imaginer l'agitation des quartiers populaires d'Edo.

La première recette ayant immédiatement retenu mon attention est la recette du *sugiyaki tamago*. Il s'agit d'un œuf dur coupé en rondelles et plongé dans la sauce soja avant d'être badigeonné d'œuf battu et mis à cuire sur une planche de cèdre. Les rondelles d'œuf sur la planche se mettent à danser sous l'effet de la chaleur. On les laisse griller en les retournant régulièrement. Tout l'intérêt de cette préparation réside dans la subtilité du goût obtenu par la rencontre des parfums du cèdre brûlé et de la sauce soja. La recette précise qu'il est possible au moyen d'un couteau fin de découper l'œuf dur en rondelles dans sa coquille en le plongeant dans le vinaigre durant une heure avant cuisson. Vous devez en obtenir quinze tranches au minimum. L'idée de découper l'œuf dur dans sa coquille me plaît particulièrement. La recette est à la portée de tous pour peu que l'on respecte les consignes de préparation.

La recette du renversement du jaune et du blanc est fort séduisante. L'effet recherché est évidemment la surprise que ne pourra manquer de provoquer le spectacle d'un jaune occupant la place du blanc à l'intérieur d'un œuf. Je comprends parfaitement la raison pour laquelle en raffolaient les gens d'Edo, réputés pour leur simplicité joyeuse et bon enfant.

Je m'y suis risqué. Mais je dois reconnaître que ce fut sans grand succès. Je soupçonne que le secret de la réussite de cette recette est le séjour de l'œuf dans un lit de son, quoiqu'il ne soit pas rare que certains rédacteurs (espiègles) de l'époque d'Edo consignent mensonges et autres feintes dans leurs livres de cuisine. Cette forme de malice fait d'ailleurs pour moitié l'intérêt que je porte à ces ouvrages.

J'ai déjeuné ce matin d'un *tamago kake*, autrement dit d'un bol de riz blanc sur lequel j'ai versé un œuf battu dans lequel j'avais incorporé un peu de *nattô*. Un chauffeur poids lourd de ma connaissance venait de m'apporter trois cents œufs frais dans un carton. Il arrivait de la préfecture d'Aomori avec un chargement de huit tonnes quand, pour une raison que j'ignore, son camion s'est renversé, maltraitant sa cargaison d'œufs. Cet ami était parvenu à revendre les œufs cassés à un marchand de *castella*. Il avait gardé les autres et les distribuait à présent à ses amis et connaissances. Si j'avais du mal à me représenter une quantité de huit tonnes d'œufs, j'en avais tout autant à envisager la manière de venir à bout de ces trois cents-là ! Je commençai donc par un *tamago kake.*

J'eus rapidement les yeux rouges à force d'échafauder des plans sans parvenir jamais à me décider sur la manière de consommer cette cargaison. J'avais d'abord songé à un immense plat d'œufs à la vapeur en me servant d'une bassine de salle de bains ou bien à faire durcir trois cents œufs comme si c'étaient des œufs de Godzilla. Je finis par réaliser trente œufs brouillés. N'en restait plus que deux cent soixante-neuf !

J'avais matière à me lancer dans la recette du renversement du jaune et du blanc de l'œuf dur. Je devrais bien finir par y parvenir avec autant d'œufs à ma disposition, pensai-je. Je rouvris donc mon *Manpô ryôri himitsu bako.* Je pratiquai l'ouverture de trois centimètres au sommet d'un œuf avec une aiguille en suivant les indications du livre. Je plaçai mon œuf sur un lit de son de riz. Le blanc durcit rapidement car le *nuka* absorba tout le liquide qu'il contenait en rendant l'accès au jaune impossible ! Moi qui pensais assister à une réaction chimique de l'œuf au contact du lit de son de riz, laquelle réaction aurait provoqué le renversement du jaune et du blanc, j'en étais pour mes frais car rien de pareil ne se produisit !

Je me documentai sur la composition du blanc d'œuf. J'appris qu'il était constitué d'eau à 89 %, contre 49 % pour le jaune. Un blanc contient 0,1 % de lipides, contre 32,5 % pour le jaune. Le blanc est ainsi presque entièrement constitué d'eau tandis que la graisse représente un tiers de la composition du jaune. Ces renseignements étaient intéressants et convaincants, mais que faire ?

Je brisai la coquille en son sommet et j'en vidai le contenu en prenant soin de séparer le blanc et le jaune. Je replaçai ensuite le blanc dans la coquille et plongeai l'œuf dans le lit de son de riz. Toute la partie liquide du blanc fut absorbée tandis que le blanc durcissait en libérant un espace à l'intérieur de la coquille. Je versai du jaune préalablement battu à l'intérieur de cette même coquille de sorte qu'il enveloppât le blanc durci. Ceci fait, je me rendis compte que le blanc restait visible par l'ouverture pratiquée au sommet de la coquille. Je fis donc cuire la partie inférieure de l'œuf à l'étouffée, j'ajoutai un peu de jaune battu et je poursuivis la cuisson à couvert ! Je pensai être ainsi parvenu à reproduire la recette du renversement du jaune et du blanc dans un œuf. Je dois toutefois avouer que le résultat était absolument mauvais : le blanc avait pris le goût de son du riz !

J'imaginai un autre procédé. Une méthode plus simple qui réclamait l'emploi de deux œufs de tailles différentes. Un gros et un petit. Verser le blanc dans la coquille du petit œuf. Le mettre à durcir. Vous obtenez ainsi un œuf dur ne contenant que du blanc. L'introduire ensuite dans la coquille d'un œuf plus gros préalablement vidé de son contenu. Le problème parvenu à ce point était d'imaginer le moyen de poursuivre la préparation tout en préservant l'intégrité de la coquille. J'étais dans une impasse. J'enrageais !

Eh bien soit, je découperais la coquille de l'œuf le plus gros en deux au moyen d'une aiguille fine. J'y placerais le blanc durci et recollerais les deux parties avec de la colle extra forte. Je ménagerais une ouverture au sommet de la coquille de l'œuf pour y verser mon jaune et je ferais durcir le tout. Voilà comment je finis par mettre au point une seconde méthode pour obtenir l'inversion du jaune et du blanc. Les gens d'Edo ne disposant probablement pas de colle extra forte devaient utiliser des grains de riz cuits écrasés pour ressouder l'ensemble.

Le bilan de cette expérience affichait cependant une augmentation significative de la quantité inutilisée de blanc d'œuf!

Je décidai de préparer des œufs au plat « inversés ». Le blanc serait au centre, le jaune sur le pourtour. Je versai donc de l'huile dans une poêle et j'y plaçai à cuire cinq jaunes. Avec une cuillère je dégageai un espace au centre pour le blanc et je laissai cuire à feu doux une minute à couvert. Voilà votre œuf au plat inversé! C'est d'une facilité enfantine! J'en préparerai, me dis-je, en vue de la prochaine réunion de l'association des voisins et trouverai ainsi l'occasion de me vanter de ce prodige!

Le problème n'était pourtant pas résolu puisqu'avec mes cinq jaunes, mes blancs d'œufs inutilisés ne cessaient d'augmenter. J'eus l'idée de les faire durcir à l'intérieur d'une baudruche. Qu'il était beau, cet énorme œuf dur blanc de la taille d'un ballon de football!

Ce procédé, compris-je, était susceptible d'une autre application.

Refroidir un blanc durci à l'intérieur d'un ballon de baudruche puis injecter tout autour du jaune d'œuf battu au moyen d'une seringue. Remettre le tout à durcir! Génial! Bravo! Las, les braves de l'an 5 de l'ère Tenmei disposaient-ils de ballons de baudruche? Telle est la question.

Une autre méthode nécessite le secours d'un appareil à *takoyaki.* Vous remplacez le morceau de poulpe par du blanc d'œuf durci et la pâte enrobante par du jaune d'œuf battu. Vous obtenez ainsi une petite inversion du jaune et du blanc, et ce, dans un œuf absolument rond !

Il devait exister une méthode simple permettant d'obtenir cette inversion à l'époque d'Edo. J'aimerais connaître l'astuce facilitant la préparation de ces œufs en grande quantité, à la manière des *imagawayaki.* Ils n'auraient sinon jamais connu le succès populaire qu'on leur attribue et n'auraient pu être d'un prix abordable si leur préparation avait réclamé trop de temps. Sans doute employait-on à l'époque un moule en bois en forme d'œuf. On devait d'abord mettre à durcir les blancs, les placer dans des moules plus grands, y injecter un supplément de jaune et finir ainsi la cuisson. La méthode devait être simple pour que leur succès soit comparable aux *takoyaki* ou à l'*imagawayaki.* Le livre, hélas, ne dit rien à ce sujet.

Je racontai mon histoire d'œuf à ma mère qui, tout benoîtement, me dit : « Mais j'en ai déjà préparé ! » Effectivement. Elle m'en proposa lorsque je repassai la voir trois jours plus tard. La seule information intéressante, parmi les conseils de préparation figurant dans le *Manpô ryôri himitsu bako,* est d'insister sur la nécessité impérative d'employer des œufs fécondés. Les grands secrets sont parfois admirablement simples.

Le renversement contenant-contenu relève de la coquetterie et peut-être aussi d'une malice de cuisinier. Nous disposons de méthodes pour inverser la surface grillée et la surface non grillée du tôfu frit lors de la confection de l'*inarizushi*. Nous sommes capables de placer le riz à l'extérieur du *makizushi* de sorte qu'il enveloppe les aliments contenus dans le rouleau. Je songe aussi aux pâtisseries appelées *daifukumanjû* qui changent d'appellation et prennent le nom d'*ohagi* lorsque la purée de haricots rouges sucrée se retrouve à l'extérieur et le mochi à l'intérieur.

Je songeai à la possibilité d'autres renversements en avalant mon œuf inversé si péniblement obtenu en me servant de colle extra forte. Renversement du *ganmodoki*, renversement de l'*aburaage*, renversement des *shumai*, renversement des *korokke*. Je demande ce que donnerait une pastèque inversée ?

L'arrière-goût de mon œuf inversé n'était pas spécialement agréable. Sans doute était-ce lié au fait que la saveur d'un œuf dur réside dans l'élasticité molle et ductile du blanc. Manger un œuf, c'est consommer un corps naturel. Le renversement produisait un jaune assez sableux et d'une teinte verdâtre peu appétissante. Ce phénomène était le résultat de la combinaison du soufre contenu dans le blanc avec le fer présent dans le jaune. Ce n'était pas dangereux, aucun risque de s'empoisonner, mais l'aspect était en effet peu ragoûtant. Bref, la recette ne tenait pas ses promesses. L'intérêt restait purement anecdotique puisqu'en définitive, vous n'obteniez qu'un œuf *jaune* et que ce jaune se désagrégeait en bouche ! J'ai du mal à comprendre l'intérêt que les gens de l'époque d'Edo lui portaient…

Mon histoire n'est cependant pas terminée.

Je fis cette nuit-là un rêve absolument terrifiant. Je n'étais pas autorisé à entrer au paradis de Bouddha et devais errer dans le royaume des morts. Ce rêve était une torture. Un rêve à l'odeur de sang. C'était la première fois que je faisais un pareil cauchemar. J'ai bien cru mourir sans réussir à m'en libérer. Je transpirais abondamment. Et lorsque je finis par rouvrir les yeux au petit matin sur le coup de quatre heures, ce fut pour me rendre compte que j'avais enfilé mon pyjama à l'envers, qui est la façon dont on habille les morts ! Ne parvenant plus à me rendormir, je me suis mis à parcourir mon *Manpô ryôri himitsu bako*. Ces « secrets » dont faisait état le titre (en réalité, il s'agissait plutôt de secrets au sens d'*arcanes*, comme en alchimie) ne cessaient de m'intriguer. J'ai relu l'introduction que monsieur Tokusai, le propriétaire du *Daikadô*, avait écrite pour présenter cet ouvrage datant de l'an 5 de l'ère Tenmei. Selon lui, Kidodô, l'auteur du *Manpô*, aurait consigné ces extravagantes recettes parce qu'il était obsédé par la cuisine et les saveurs rares. Ces recettes, il les avait placées dans une boîte tenue secrète qu'il avait cachée dans un entrepôt, de crainte qu'elles ne déplaisent. Mais pourquoi diable ce besoin de les garder secrètes et de les soustraire au public ? Voilà une question sans réponse. Une phrase du texte de l'introduction le regrette : « La révélation de ce secret-là serait également significative. » Il est vrai que secrets et mystères ont toujours servi les meilleurs bonimenteurs.

L'ère Tenmei durant laquelle l'ouvrage est publié est souvent présentée dans l'histoire du Japon comme une période de disette. On parle d'ailleurs des « grandes famines de Temnei ». Les cendres rejetées par l'éruption du volcan Asama recouvrent la plaine du Kantô. Les récoltes sont si mauvaises que l'on ira jusqu'à consommer de la viande humaine, dit-on. Le gel compromet les récoltes de riz dans la région du Sanriku. Des pluies froides et torrentielles provoquent des inondations dans tout le pays. Les révoltes paysannes sont nombreuses, une quinzaine par an, plus d'une centaine durant toute la période ! Edo et Osaka sont le théâtre d'émeutes meurtrières et dévastatrices. Tenmei fut une époque de famines et d'épidémies. Certes. Mais les choses étant ce qu'elles sont et le renversement du jaune et du blanc dans un œuf restant un renversement du jaune et du blanc dans un œuf, j'en conclus que certains trouvaient encore le temps d'éditer un ouvrage de cuisine au cœur d'une des pires périodes de famines de l'histoire du Japon !

La malice habitant un esprit est une source potentielle de terreur et de colère. Le *Manpô ryôri himitsu bako* est un document apportant de nombreux témoignages sur divers aspects du système de valeurs partagé par les classes populaires de l'époque d'Edo. Cette recette du renversement du jaune et du blanc reste toutefois littéralement *extraordinaire* comparée aux autres recettes que collige l'ouvrage.

L'œuf est une entité vivante. L'œuf symbolise la force vitale. Il est l'enveloppe de l'âme. C'est pour cette raison qu'il est souvent objet de dévotion, car il est doté d'un statut différent des autres aliments. L'œuf est la création sublime du divin. Il est le symbole de l'univers. Il est métamorphose, transformation, transmutation. Une puissance surnaturelle, une volonté divine *est* en lui.

Les croyances populaires concernant l'œuf sont multiples. On les retrouve sous toutes les latitudes. Une offrande d'œufs permet d'obtenir la régénération de l'âme d'un défunt. En Inde, on pose l'œuf sur la tête du mort. En Chine, entre ses mains, avant de procéder aux rites funéraires. Les Romains les disposaient sur les tombes. Les Juifs utilisent l'œuf comme le symbole de la Pâque.

L'œuf des croyances est un œuf naturel. Il n'a subi aucune manipulation. Les peuples du monde entier l'accommodent de diverses manières. Il n'est jamais considéré comme mauvais ou maléfique. L'œuf est bon. Mais il n'en va plus de même lorsque l'on touche à sa forme originale et primitive. C'est pourquoi j'en suis venu à me demander si cette recette du renversement du jaune et du blanc dans un œuf n'était pas le produit d'une intention malveillante. Car cet œuf n'est-il pas le renversement de la source même de la vie et, poussant mon raisonnement, une subversion de l'humain ? La recette s'offre sous un aspect d'abord malicieux mais cette malice est en réalité aberrante. Si aberrante qu'elle finit par suggérer une œuvre maligne. Conserver sa forme initiale à l'œuf tout en inversant son principe vital ressemble fort à un mauvais tour de sorcellerie…

De quelle sorte de maléfice s'agit-il ? Maléfice lancé contre l'ennemi ou l'individu qui vous inspire de la rancune ? Ces actes n'expriment-ils pas le désir de bannir éternellement un objet de haine et d'empêcher toute possibilité de renouveau ou d'amendement ? Comment, dès lors, ne pas interpréter les grandes famines de cette époque comme l'effet de rancunes tenaces ?

Les prescriptions de la recette du renversement du jaune et du blanc de l'œuf dur sont particulièrement ardues à comprendre et ne facilitent en rien la confection du plat, comparées aux explications des autres recettes. L'usage de son de riz ne laisse pas supposer que l'œuf sera réellement consommé. Ils indiquent uniquement la manière d'obtenir la transformation de la forme primitive de l'œuf.

Réaction sans doute instinctive, moi, cet œuf, en le goûtant, je l'ai trouvé malsain. La vue d'un tel œuf est source de terreur. L'art culinaire sait parfois jouer des tours effrayants.

Un dernier conseil concluait la recette de l'œuf inversé : « Son emploi est identique au *yamabuki tamago* » (œuf soufflé de montagne). La recette du *yamabuki tamago*, qui figure à la page précédente, consiste à badigeonner un œuf dur de jaune d'œuf et à le placer légèrement au feu pour obtenir un œuf jaune mais selon une autre méthode. Il est aussi précisé : « Son emploi est identique au *beni ninuki tamago* », un œuf teinté en rouge brun qui n'est pas sans évoquer les œufs de Pâques. Or, notre œuf inversé venait subitement à la suite des recettes de « l'œuf jaune » et de « l'œuf rouge », ce qui est singulier au regard de l'ordre selon lequel les recettes se succèdent dans notre traité de cuisine. J'en suis venu à me demander si ce qualificatif de « secret », censé indiquer que l'ouvrage « avait dormi dans un entrepôt », n'était pas en réalité un aveu et une confession plus qu'une stratégie éditoriale ?

L'être humain est un animal capable de manger ce que bon lui semble à l'exception de lui-même, étais-je convaincu. Il est seul responsable de ce qu'il avale, y compris lorsqu'il ingurgite un poison. L'humain se prépare à manger et ce qu'il mange obéit à des logiques propres. La recette du renversement du jaune et du blanc dans un œuf, que l'on pourrait comparer à la création d'un humain artificiel par modification de son ADN, est une profanation de la nature. Or, l'idée d'ADN étant inconnue à l'époque d'Edo, je soupçonne que l'œuf aura été regardé comme un instrument de malice, et qu'il exprimait une volonté de profaner la nature. Et ce pensant, je me demande si ce renversement du jaune n'avait pas pour seul objectif de produire la nécrose de l'œuf et partant, de programmer la sienne propre.

Les mots de la cuisine japonaise

A

Aburaage. Aliment à base de soja, obtenu en coupant en tranches fines du tôfu que l'on a fait frire. Il est utilisé pour envelopper les *inarizushi.* On peut en mettre dans la soupe au miso.

Akagai. Anadara broughtonii, littéralement « coquillage rouge » en raison de sa chair rouge orangé, mollusque bivalve de la famille des Arcidae, en anglais *ark clam.*

Amazake. Boisson peu alcoolisée et sucrée à base de riz fermenté. On en boit lors de la fête des filles *(hina matsuri)* le 3 mars de chaque année.

Ara. Siphon spinosus, de la famille des poissons à nageoires rayonnées.

Asachaji. Cérémonie du thé matinale d'été.

Asari. Ruditapes philippinarum, mollusque bivalve de la famille des Veneridae.

Ayu. Plecoglossus altivelis, littéralement « poisson parfumé », doit son nom au parfum herbacé de sa chair.

B

Butajiru. Soupe à base de viande de porc et de miso.

C

Castella. Gâteau importé par les missionnaires portugais à Nagasaki au XVIe siècle, encore populaire dans le Japon contemporain.

Chazuke. Plat très simple préparé en versant de l'eau chaude ou du thé sur un bol de riz auquel on pourra ajouter par-dessus divers ingrédients (prunes salées, sésame, saumon grillé, wasabi, etc.).

Chikuwa. Aliment s'obtenant en pétrissant de la chair à poisson avec du sel, de la farine et du blanc d'œuf. La farce ainsi obtenue est fixée sur d'épaisses brochettes que l'on fait cuire. Le trou ou « tunnel » ménagé par la brochette lorsqu'elle est retirée est susceptible d'être farci.

Chûhai. Boisson alcoolisée populaire, généralement à base de *shôchû*, de jus de fruit et de soda.

D

Daikon. Gros radis blanc.

Dashi. Bouillon clair réalisé à partir de différents ingrédients séchés et infusés (bonite, algue *konbu*, anchois, sardines, champignons, etc.).

Doubanjiang. Condiment coréen, pâte épicée et salée.

E

Edamame. Fèves (ou graines) immatures de soja. Très populaire en apéritif.

F

Fugu. Tétraodon, poisson-globe. Sa chair peut être mortellement toxique pour les humains en raison de la présence de tétrodotoxine.

Funazushi. Sushi de carassin *(funa)*, spécialité culinaire de la préfecture de Shiga où se situe le lac Biwa dans lequel sont pêchés ces poissons d'eau douce.

G

Ganmodoki. Littéralement « pseudo-oie », type de tôfu frit préparé en y mélangeant des légumes, des blancs d'œufs et des graines de sésame.

Gobô. Grande bardane, racine proche du salsifis.

Gomoku meshi. Littéralement « les cinq ingrédients mélangés au riz », plat composé de produits de saison pouvant inclure des champignons *shiitake*, des pousses de bambou, des racines de bardane ou de lotus, des châtaignes mais aussi du poulet, du poisson à chair blanche ferme.

H

Hatahata. Arctoscopus japonicus, poisson de sable.

Hiyajiru. Littéralement « soupe froide », à base de miso et de sésame auxquels on ajoute des légumes et des poissons.

Hôjicha. Thé préparé à base de feuilles de thé vert torréfiées.

I

Imagawayaki. Dessert composé d'une pâte fourrée à la purée sucrée de haricots rouges.

Inarizushi. Poche de tôfu frit, vinaigré et sucré, que l'on remplit de riz pouvant contenir d'autres ingrédients.

J

Junsai. Brasenia, plante aquatique des étangs et rivières.

K

Kabosu. Agrume récolté vert en été pour son jus acide *(Citrus sphaerocarpa).*

Kaiseiki. Repas composé de plusieurs petits plats servis ensemble. Le mot *kaiseki* désigne aussi le repas simple que l'hôte de la cérémonie du thé sert à ses convives avant la cérémonie.

Kaiware-daikon. Hypocotyles et feuilles de pousses de daikon.

Kakigôri. Glace pilée sur laquelle on verse un sirop aux goûts variés (melon, fraise, thé vert, etc.)

Kamaboko. Produit alimentaire à base de chair de poisson blanc, proche du surimi.

Kanpyô. Lamelles séchées de calebasse cuisinées et aromatisées.

Kansui. Adjuvant alimentaire.

Karashi-renkon. Plat local de la préfecture de Kumamoto, préparé en introduisant du miso moutardé dans les trous des racines de lotus, en les enrobant de jaune d'œuf et en les faisant frire dans l'huile.

Katsudon. Bol de riz chaud surmonté de *tonkatsu* (tranches de porc panées).

Kimchi. Plat coréen pimenté à base de légumes en saumure.

Kinako. Poudre de soja grillé.

Kinpira. Préparation de certains légumes (carottes, salsifis, lotus…) consistant à les faire sauter puis cuire à l'étouffée.

Kohada. Konosirus punctatus, poisson des côtes asiatiques du Pacifique nord, proche de la sardine et du hareng.

Konbu. Algue très utilisée en cuisine.

Konnyaku. Ou konjac, plante de la famille des Araceae ; on tire des produits alimentaires de son bulbe.

Korokke. Croquettes de pommes de terre généralement faites avec de la purée de pommes de terre mélangée à de la viande de bœuf hachée et de l'oignon cuit. On plonge ce mélange dans une panure pour le faire frire.

Kôyadôfu. Tôfu spongieux, séché. Ingrédient important de la cuisine végétarienne bouddhiste.

Kuzu. Pueraria montana, plante vivace cultivée pour sa racine qui donne une fécule alimentaire.

M

Mâbô. Une manière d'assaisonner épicé dans la cuisine du Sichuan.

Mâbôdôfu. Plat originaire de la province chinoise du Sichuan, à base de tôfu cuit dans une sauce très épicée avec de la viande hachée de porc et/ou de bœuf. Ce plat est répandu dans toute l'Asie et il est devenu un classique de la cuisine familiale au Japon.

Makgeolli. Alcool de riz doux et laiteux coréen.

Makizushi. Littéralement « sushi en rouleau », parfois appelé *makimono* (« chose roulée ») et *maki* en Europe ; ce sont des rouleaux d'algue *nori* séchée entourant du riz blanc vinaigré et sucré, que l'on farcit avec divers aliments, du poisson cru le plus souvent.

Mantô. Ou *mantou*, petit pain rond et parfaitement blanc, sans croûte, très moelleux, préparé à partir de farine de blé et cuit à la vapeur.

Matsutake. Tricholome, littéralement « champignon des pins », dont le parfum ravit les papilles. Ce champignon se consomme en automne. Il est rare et cher.

Mirin. Saké doux utilisé comme assaisonnement.

Miso. Aliment se présentant sous la forme d'une pâte fermentée à très haute teneur en protéines. Son goût, relativement salé, est plus ou moins prononcé selon la fermentation. Le miso est confectionné à partir de fèves de soja, de riz, de sel, d'eau et d'un ferment issu de la moisissure de plusieurs champignons, appelé *kôji*.

Mizuyôkan. Gâteau très populaire en été, confectionné à base de *kanten* (poudre d'algues séchées) et de *koshian* (purée de haricots rouges).

Mochi. Préparation à partir du pétrissage de riz gluant cuit à la vapeur, qui peut être salée ou utilisée en pâtisserie.

Myoga. Gingembre japonais.

N

Natsumikan. Littéralement « mandarine d'été » *(Citrus natsudaidai).*

Nattô. Aliment traditionnel à base de graines de soja fermentées, d'aspect gluant, il a une odeur prononcée.

Nomiya. Littéralement « établissement où l'on boit ». De petits plats y sont servis en accompagnement des boissons.

Norimaki. Voir *makizushi.*

Nuka. Son ou résidu de la mouture de grains de céréales (principalement le riz au Japon), en majeure partie constitué par l'enveloppe du grain. Couramment utilisé en cuisine pour la préparation de légumes en lacto-fermentation.

O

Ochazuke. Voir *Chazuke.*

Oden. Sorte de pot-au-feu. Désigne une marmite dans laquelle mijotent différents aliments (œuf, daikon, poulpe, bœuf, chou farci, pomme de terre, quenelle de poisson, etc.).

Okaka. Copeaux de bonite séchée.

Okara. Pulpe constituée de résidus insolubles de soja, obtenue lors de la fabrication du tôfu, utilisée dans la cuisine végétarienne.

Onigiri. Boulette de riz généralement enveloppée d'une algue et souvent fourrée (miettes de saumon, crevette mayonnaise, algue *konbu*, thon, *okaka*, prune salée *umeboshi*, etc.).

Onsen tamago. Littéralement « œuf de source », œuf mis à durcir à basse température dans un petit panier dans l'eau ou à la vapeur des sources chaudes *(onsen).*

P

Ponzu. Assaisonnement à base de sauce soja et de vinaigre d'agrume.

R

Ramen. Soupe de nouilles. Importée de Chine au début du XXᵉ siècle, elle est devenue une recette traditionnelle de la cuisine japonaise et connaît de nombreuses variantes de bouillons et de nouilles.

Renkon. Racine comestible du lotus d'Orient *(nelumbo nucifera)*, formée de plusieurs tubercules disposés en rhizome.

Renkon-hasami-age. Recette consistant à plonger dans la friture un aliment inséré entre deux tranches de racine de lotus.

S

Sakamanjû. Petit gâteau rond, le plus souvent blanc, cuit à la vapeur avec de la purée de haricots rouges et entouré d'une pâte à base de farine, de lie, d'eau, de sucre et de fécule.

Sakura mochi. Pâtisserie traditionnelle *(wagashi)* composée d'un mochi rose et sucré fourré d'une purée de haricots rouges et surmonté d'une feuille de cerisier salée.

Senbei. Galette de riz grillée ou cuite au four enrobée de sauce soja.

Shabu-shabu. Variante japonaise de la fondue chinoise, à base de viande de bœuf ou de porc découpée en tranches fines, de morceaux de tôfu, de légumes (chou, champignons) plongés dans un bouillon chaud. *Shabu-shabu* est l'onomatopée imitant le bruit de la viande trempée dans le bouillon.

Shichû. De l'anglais *stew*, ragoût de viande de bœuf et de pommes de terre.

Shijimi. Petit coquillage noir d'eau douce *(corbiculidae)*, consommé dans de nombreux plats familiaux et dans la soupe au miso. Le ramassage et la vente (ou revente) de ces coquillages pouvaient constituer un revenu d'appoint pour les foyers les plus modestes.

Shiso. Pérille aromatique, plante aromatique médicinale.

Shôchû. Boisson alcoolisée japonaise très populaire, originaire de la région de Kyûshû, distillée à partir d'orge, de riz ou de blé. Elle se boit le plus souvent coupée d'eau chaude ou froide.

Shôjin-otoshi. Repas servi après la crémation du corps du défunt aux proches et au prêtre ayant participé à la cérémonie. Ce repas accompagne le retour à la vie normale après le décès d'un proche.

Shôronpô. Xiǎolóngbâo, variété de raviolis chinois à base de farce (de viande et légumes) et de bouillon placés dans une raviole à base de farine de blé.

Shôyu. Sauce soja.

Shûmai (siu mai). Raviolis ou bouchées à la vapeur, d'origine chinoise.

Soba. Nouilles à base de farine de sarrasin.

Sômen. Nouilles très fines et blanches à la farine de blé. On les consommes froide en soupe durant l'été.

Soramane. Féveroles.

Sudachi. Citrus sudachi, agrume japonais au jus acide et au parfum subtil.

Sukiyaki. Fondue de viande proche du *shabu-shabu.*

Suppon. Tortue *suppon* (ou trionyx de Chine), réputée pour des vertus aphrodisiaques.

Surume. Morceaux de calmar ou de seiche séchés et déchiquetés.

Suzumezushi. Sushi confectionné en fourrant de riz un petit poisson préalablement vidé. Sa forme le fait ressembler à un moineau, d'où l'appellation de *suzume* (« moineau » en japonais).

T

Takoyaki. Littéralement « pieuvre grillée », spécialité d'Osaka se présentant sous la forme de boulettes contenant des morceaux de poulpe et cuites dans un moule (comme des gaufres).

Takuwan. Daikon fermenté.

Tanuki soba. Bol de nouilles de farine de sarrasin servies dans un bouillon chaud et accompagnées de pâte à tempura *(tenkasu).*

Teishoku. Menu traditionnel constitué de différents petits plats servis sur un plateau.

Tenkasu. Pâte à beignets (tempura), le *tenkasu* se présente sous un aspect de riz soufflé.

Tokoroten. Plat réalisé à partir d'algues d'un aspect gélatineux, souvent assaisonné au vinaigre.

Torigai. Fulvia mutica, mollusque bivalve de la famille des Arcidae.

U

Udon. Les *udon* sont avec les *soba* les pâtes les plus consommées au Japon. Préparées à base de farine de blé, elles sont épaisses et peuvent se manger froides ou chaudes.

Umami. Le « savoureux », une des cinq saveurs de base avec le sucré, le salé, l'amer et l'acide.

Umeboshi. Prune salée.

Unadon ou *unagidon. Donburi* (grand bol de riz) avec des anguilles grillées et de la sauce à base de sauce soja.

Y

Yanagibashi. Baguettes taillées dans du bois de saule dont on se sert pour les repas de fête.

Yôkan. Pâtisserie sucrée à base de haricots rouges gélifiés avec de l'agar-agar.

Yudôfu. Tôfu chaud.

Yukgaejang. Soupe de viande de bœuf épicée, plat de la cuisine coréenne.

W

Wasabi. Sorte de raifort utilisé râpé comme condiment dans la cuisine japonaise.

Z

Zarusoba. Nouilles de sarrasin servies froides.

Table

Achevé d'imprimer
sur les presses de
la Nouvelle Imprimerie Laballery
58500 Clamecy

Dépôt légal : novembre 2022

N° d'impression : 208587